赤と青のガウン

オックスフォード留学記

彬子女王

PHP文庫

○本表紙図柄＝ロゼッタ・ストーン(大英博物館蔵)
○本表紙デザイン＋紋章＝上田晃郷

娘をオックスフォード大学に
留学させるのは、父の
昔からの夢だったようだ

古のコレッジの一つである。

オックスフォード大学への入学式
"Matriculation ceremony"

私が学んだマートン・コレッジは、オックスフォード大学内で

)XFORD

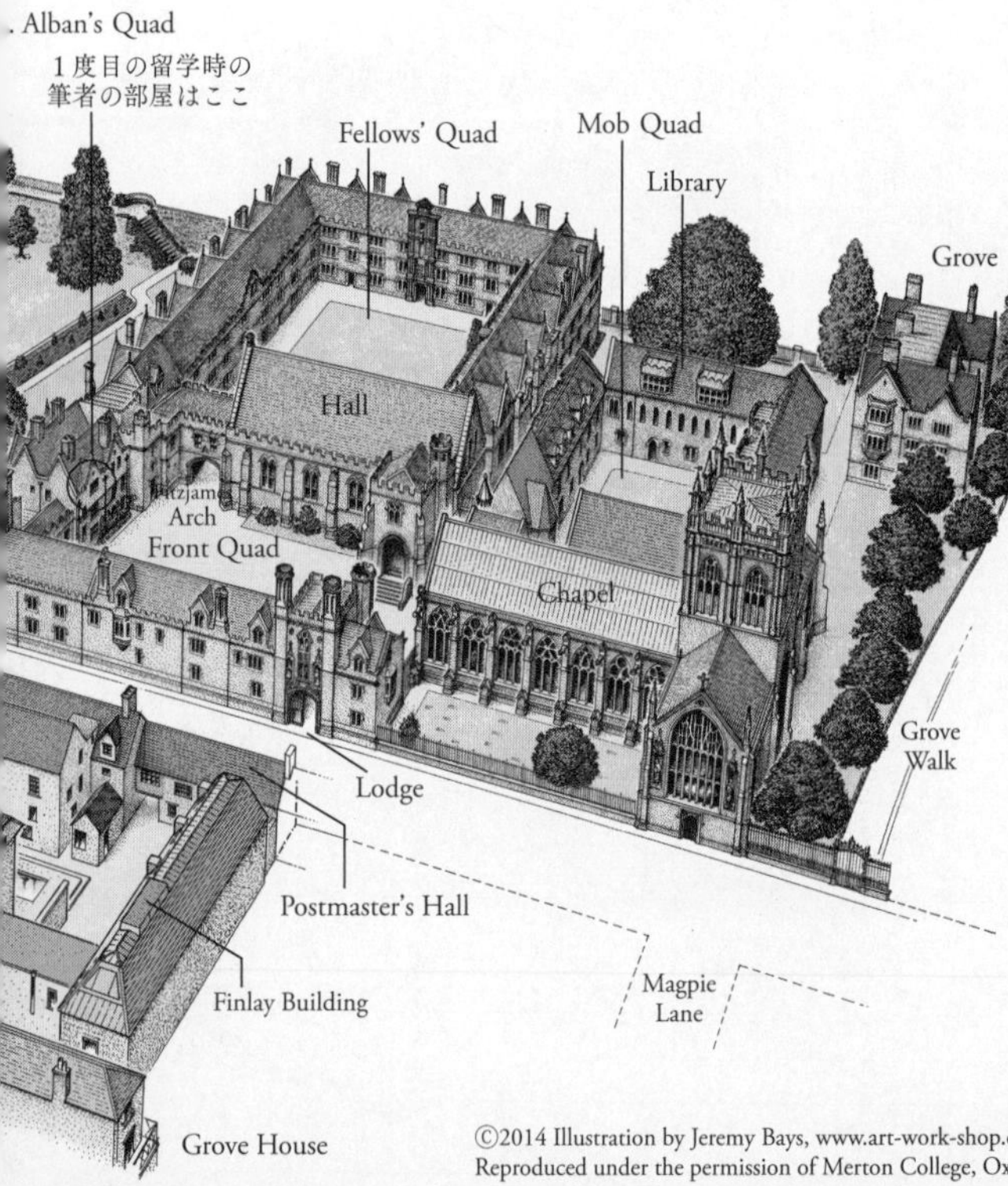
. Alban's Quad
１度目の留学時の
筆者の部屋はここ
Fellows' Quad
Mob Quad
Library
Grove
Hall
Arch
Front Quad
Chapel
Grove
Walk
Lodge
Postmaster's Hall
Finlay Building
Magpie
Lane
Grove House

MERTON COLLEGE,

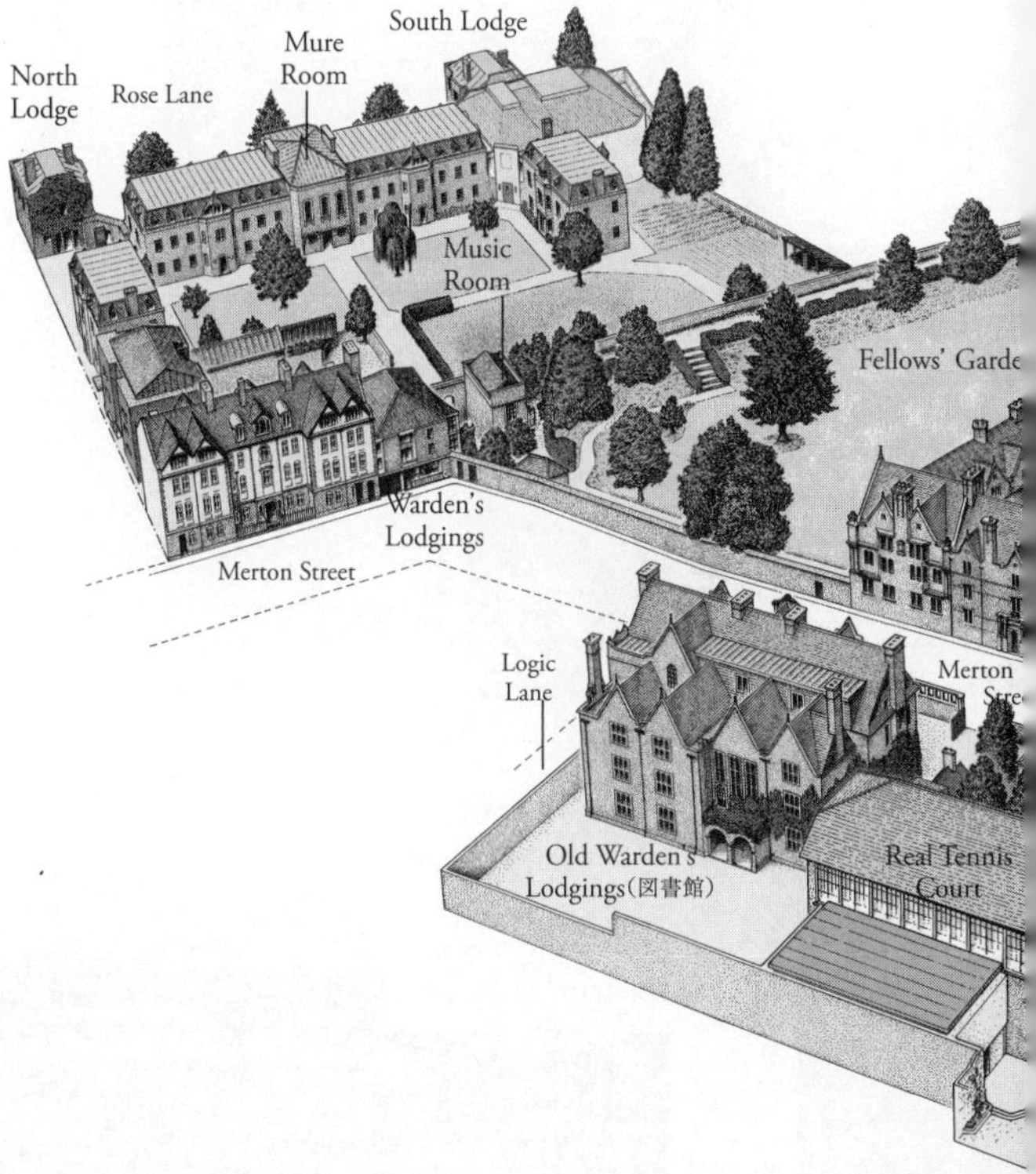
South Lodge
Mure Room
North Lodge
Rose Lane
Music Room
Fellows' Garde
Warden's Lodgings
Merton Street
Logic Lane
Merton Stre
Old Warden's Lodgings(図書館)
Real Tennis Court

チェアウェル川で
パンティング

オックスフォードだった。

ヘンリー・レガッタ
（英国伝統のボートレース）
のひとコマ

生まれて初めて一人で街を歩いたのは日本ではな

仲間がいてくれるのはほんとうに幸せなことだ。

孤軍奮闘せざるをえないことが多い留学生活のなかで、

大好きな友人たちと
パリ旅行

彼らと過ごす時間は、辛いことも多かった留学生活のなかで数少ないやすらぎのひとときだった。

日本だと必ず側衛が付き、一人で
旅行に行くことなど皆無の私だが、留学中は
たびたび一人で旅行をした。

スーツケースを自分で運び、
ジーンズにセーター姿で
目の前に立っている女の子が、まさか
本物のプリンセスだ
とは思えなかったのだろう。

旅にいつも
もっていったかばんは
ぼろぼろに

可かしらの事件が起こる。

自慢ではないが、私が旅をするとたいて

オックスフォードに
大切な家族がいる。それは
英国で一人暮らしをする私にとって
大きな心の支えだった。

私の大きな
“家族”

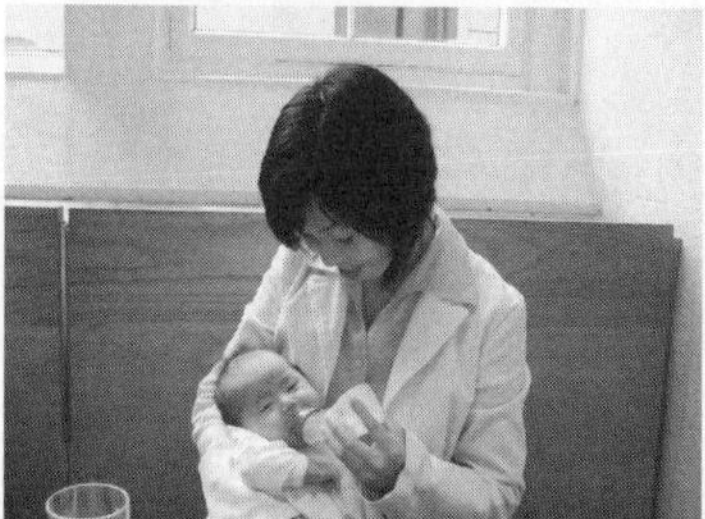

留学して初めて料理が
日課となったのだけれど、
それにもすぐ慣れ、
留学していた5年間で随分と
レパートリーも増えた

したのは、おそらくこの大英博物館のデスクだったと思う。

留学期間中のロンドンでいちばん長い時間を過ご

のガウンを着せかけられたとき、さまざまな思いが頭を巡った。

お世話になった
先生たちと

大学院生が着る黒一色のガウンを脱ぎ、D.Phil. の赤地

憧れの
シェルドニアン・シアターで
学位授与式

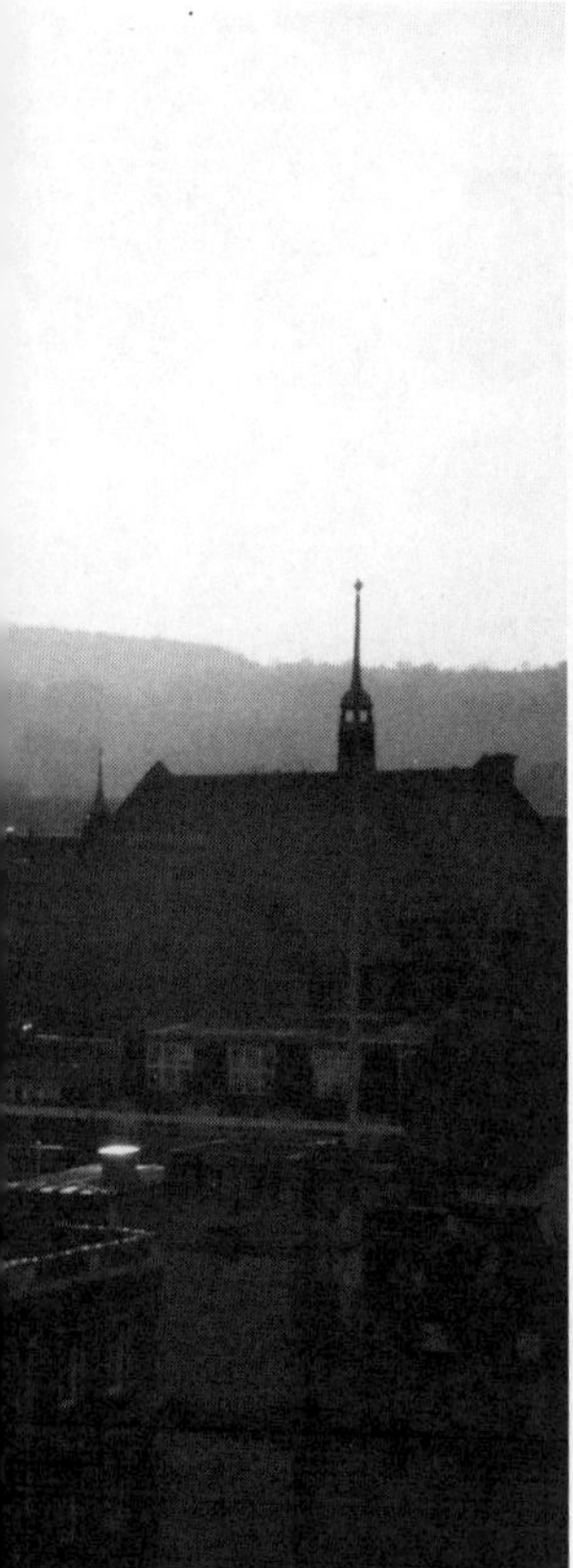

オックスフォード大学の博士号の学位記。
額装は父からの
最後のプレゼントになった

ムの心からの感謝の気持ちを込めた「最終報告書」である。

私の留学生活を温かく見守ってくださったすべての方たちへの、

赤と青のガウン
オックスフォード留学記　目次

制作協力　木村裕治
本文挿絵　川内晃太郎

1

百川学海

百川学海（ひゃくせんがっかい）
中国の格言「百川海に学んで海に至る、丘陵は山に学んで山に至らず」に由来する言葉。すべての川は海を目標に流れ、最後には海に至る。転じて、どんな人も立派な人を手本にしてつねに修養・努力すれば、大望を成し遂げることができるという意味。

おわりとはじまり

二〇一一年五月二十八日。オックスフォード大学から博士号を授与された。五年間に及ぶ長くて苦しかった研究生活の成果が認められた瞬間だった。

オックスフォードでは学位によって着るガウンの色が違う。オックスフォード大学における学位授与式とは、いわば古いガウンから新しいガウンに衣替えをする儀式ともいえる。大学院生が着る黒一色のガウンを脱ぎ、D. Phil. の赤地に青のガウンを着せかけられたとき、さまざまな思いが頭を巡った。けっして平坦な道のりではなかった。悔しさで涙が止まらなかったことも、ストレスで胃を壊したことも、何度あったか思い出せない。でも、ガウンに袖を通した瞬間、辛《つら》かった思い出はふわっと飛んでなくなり、私の心に残ったのは、ただただ「よかった」という思いだった。

博士論文の執筆中、陰となり、日なたとなって、叱咤《しった》激励しながら支えてくださった二人の指導教授や、いちばん近くで見守ってくれた大切な友人たちに囲まれて過ごした学位授与式の一日。大勢の人たちが、私の博士号取得を祝うためだけにオックスフォードに集まってくれた。この人たちに支えられていたからこそ、私はあの場所に立つことができた。私にとって一生忘れることのできない大切な日となった。

学位授与式に出席するにも壁があった。東日本大震災から二カ月余り。その混乱がまだ落ち着かない時期に、「いくら学術的な式とはいえ、お祝い事のために皇族が海外に行くのはいかがなものか。延期してはどうか」との苦言が宮内庁から届いた。私に向けられうる批判を考慮してのことである。しかし、今回の授与式は、博士論文執筆の苦楽をともにした同じコレッジ（学寮）の友人でスイス人のドミニクと、同じ日に卒業しようと一年半以上前から計画したものだった。彼のいない学位授与式に出席しても意味がない。だったら郵送で学位記を受け取るだけでいいと思った。

どうすべきか悩む私の背中を押してくださったのは、ほかならぬ父だった。

「一世一代、一生に一度の大切な儀式なのだから、出席しないと後悔する。出てくるかもしれない雑音は、自分が文書発表でも記者会見でもして抑えるから安心して行ってこい」

その言葉に涙が止まらなかった。いままで留学に対する見解の相違でたびたび喧嘩《けんか》をしてきた父。結果を残しても褒《ほ》められず、自分が真剣に取り組んでいる研究は、家族にとっては意味のないことなのかと疑心暗鬼に陥ったこともあった。その父から最後の最後に頂いたお墨付きだった。

こうして私の長かった留学生活は幕を閉じたのである。

この留学記は、私が博士の学位をいただくまでの五年間、そしてその前の学習院大学在学中の短期留学の思い出を振り返りながら書き綴《か つづ》ったものである。話が前後したりなどして、多少お読み苦しいところがあるかもしれないが、大目にみていただけたら幸いである。

第1章は、初めて体験した英語の苦しみについてお話ししようと思う。

私は二〇〇一年九月から一年間、そして二〇〇四年九月から五年間、二回にわたって英国のオックスフォード大学マートン・コレッジで留学生活を送った。

娘をオックスフォード大学に留学させるのは、父の昔からの夢だったようだ。父の数ある自慢の一つが、オックスフォードのモードレン・コレッジで二年間学び、コレッジ代表のエイト（八人制のボート競技の選抜メンバー）に選出されたこと。幼いころから事あるごとに「おまえはオックスフォードに行くんだ。オックスフォードに行くんだ……」と繰り返し呪文《じゅもん》のように聞かされてきた。その甲斐《かい》（？）あって、私も子ども心にオックスフォードの恐ろしさなど露ほども知らずに「私は将来オックスフォードに行く」のだとおぼろげながら思っていたのである。

その思いが現実味を帯びてきたのが学習院女子高等科二年生のころ。進路説明会で手にした学習院大学の入学案内をぱらぱらとみていると「オックスフォード大学」という文字が目に飛び込んできた。学習院大学とオックスフォード大学マートン・コレッジとのあいだに単位互換の交換留学の制度があるらしい。この制度を使えば、休学をしないでも一年間の留学ができ、なおかつほかの同級生たちとともに四年間で大学を卒業することができるという。幼稚園からの長い〝入院〟生活（学習院の学生は学習院に入ることを〝入院〟ということがある）、そろそろ〝退院〟して他大学にという気持ちも少なからずあったが、「オックスフォード大学留学」に誘われて一気に学習院大学進学への気持ちが固まったのである。

無事、学習院大学文学部史学科に継続〝入院〟することとなり、留学に向けて英語の勉強を始めた。

恥ずかしながら、高等科までの私の英語の成績はひどいものだった。両親ともに英国で学んでおられるので、子どものころからわりと外国からのお客さまが多い家だったし、初等科のころから英語の教室には通っていたので親しみはもっていた。初等科までは話すことはわりと好きだったように思う。英語に躓《つまず》いたのは中等科一年生か二年生のころのこと。原因は授業のテキストとして使ったアンデルセンの『みにくいあひるの子』である。

べつにアンデルセンに恨《うら》みがあるわけではない。ただ先生はわれわれにこのテキストを暗記・暗唱させるという。シェイクスピアの一節を暗記するのであれば納得はできる。でもデンマーク人の作家の原文でもない翻訳文、しかも子ども向けに編集された英文である。手渡された文章を丸暗記することの意義を、当時の私はどうしても見出すことができなかった。それ以来、英語の授業は大嫌いになった。成績順に分けられる英語は、いつも上のクラスと下のクラスを行ったり来たり。英語の授業に関しては、始まったときから早く終わらないかと思っているダメな生徒だった。

それでも、子どものころからの刷り込みの成果なのか、オックスフォード大学に留学したいという夢は変わらなかった。おそらく英語の授業が嫌いだっただけで、英語自体は嫌いではなかったのだと思う。大学に入って、自分の意思で通いはじめた英語のレッスンはとても楽しかった。いまから思うと「上達した」などとはとてもいえないようなレベルであったが、オックスフォード大学に留学をする資格を得ることができた。そして、ビジティング・スチューデント（聴講生）として一年間留学する準備が整った二〇〇一年九月、私は英国に向かって出発したのである。

英語の壁

英国に到着して一カ月間、現地の英語学校で英語を学び、十月ついに私はオックスフォード大学に入学した。しかし、クラスメイトと話してみて愕然《がくぜん》とした。六割方は何をいっているのかわからない。私が入ったのは一年生の学年だったが、その八割が英国人で、残りの二割も英語を母国語並みに話せる人ばかり。私のように中途半端な英語しか話せない学生はほかに一人もいなかった。

会話がすべて自分の頭の上を飛び交う。ときどき私に話を振ってくれることがあっても、会話にまったくついていけていないので、返事をすることができない。「まあ、アキコに聞いても仕方ないか」と思われて、終《しま》いには話さえ振ってもらえなくなった。そうして私はどんどん孤立していったのである。

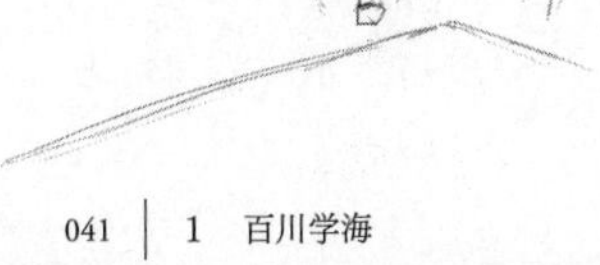

そんななか、新入生歓迎のためのオリエンテーリングのイベントがあった。とりあえず参加してみたものの全然楽しくない。すでに友達グループができており、イベントが終わるとそのグループごとにわいわいとバーに飲みに出ていってしまった。私はバーに入ることもできず、部屋に戻った。ドアを閉めた瞬間に涙がこぼれた。思えば、あれが留学生活最初で最後の「帰りたい」と思った瞬間だった。

そんなとき、コンコンとドアをノックする音が聞こえた。私は当時、ほかの一年生のクラスメイトと一緒ではなく、三年生の学生が住むブロックの部屋をあてがわれていた。ドアを開けると、そこに立っていたのは下の階に住む三年生の先輩。一階の友達の部屋でみんなでお茶を飲んでいるから来ないかと誘いに来てくれたらしい。ほんとうは行けるような精神状態ではなかったのだが、せっかく声をかけてもらったわけだし、お言葉に甘えて参加させてもらうことにした。

一階の部屋の主の名は英国人のベネディクト。ブロンドヘアに大きな目。トレードマークは二メートルくらいあるカラフルなマフラー。おしゃべりが大好きで、とにかく目立ちたがり。コレッジのなかで彼のことを知らない人はいないという三年生の中心的存在だった。その彼が、部屋に入った途端、初対面の私の両頰にキス（頰と頰とを合わせる挨拶）をしながら、「よく来たね！」といってくれた。それはなんだか魔法のようだった。ほっとして、一気に気が抜けてしまったのである。部屋に集まっていたベネディクトの友達たちが、お茶やお菓子を勧めてくれた。気をつかってくれていたのだろうが、「一年生はみんなしゃべるのが速いからね。僕もときどきいってることがわからなかったりするよ」とか、「今日もべつに話さなくていいから、聞いてるだけでいいんだよ」と優しい言葉をかけてくれた。

以来ベネディクトとはほんとうに仲良くなり、郊外のパブに行くから一緒に行こうとか、映画を観にいくとか、誕生日会をするけど来ないかとか、事あるごとに声をかけてくれた。三年生のリーダー的な存在であったベネディクトと親しくしていたことで、「そういえばアキコはベネディクトと仲が良いけれど、同じブロックに住んでるんだっけ？」というように、クラスメイトたちとの会話が始まることもあった。そうして私も徐々にオックスフォードの学生生活になじめるようになっていったのである。

十二月の初旬に最初の学期が終わり、成人の行事の関係で私は日本に一時帰国した。一月になってまたオックスフォードに戻り、しばらくたったある日のこと。なんだかいつもと違うことに気づいた。昨日までほとんどわからなかったのに、突然みんなの話していることが理解できるようになっている。雑音でしかなかったテレビやラジオのニュースが素直に耳に入ってくる。日本を出る前に父が、「英語は三時間、三日、三週間、三カ月、三年……というように三の周期でうまくなるものだ」とおっしゃっていたのを思い出した。英語の授業が大嫌いだった私が、初めて英語を好きになれた気がした。

いまでもベネディクトからは忘れたころに連絡が来る。私が帰国する前にロンドンでお別れの会を企画したときも、来るとはいっていなかったベネディクトが突然現れた。四年くらい会っていなかったのに、昨日会ったばかりのような調子で楽しい時間を過ごした。また次に会うのはいつになるかわからない。でもそのときは、私がオックスフォードの生活を楽しみ、博士号取得まで頑張ることができたのは、あのオリエンテーリングの夜のおかげだということを彼に伝えたいと思っている。

2

大信不約

大信不約（たいしんふやく）

中国古典『礼記《らいき》』の一節で「大信は約せず」と訓読する。ほんとうの信義は約束などしなくても守られるもので、信頼関係のない約束や誓約は意味がない。また、信義の厚い人は約束などしなくても、任務の遂行に全力を尽くすということ。

側衛に守られるということ

「英国に留学しています」というと、「護衛の方はどうされているんですか？」とよく聞かれる。

答えは「ＥＵ圏内における二週間以上の滞在の場合、護衛官は付きません」である。

私たち皇族の側《そば》にいて守ってくれる人たちのことを、側衛官《そくえい》という。警察庁の附属機関である皇宮警察本部に所属している皇宮護衛官。国家公務員である。首相や大臣をはじめとする要人に付いている、いわゆるSPと呼ばれる人びとのイメージが強い方もおられるかもしれないが、あの人たちと皇宮護衛官はちょっと違う。

じつは守る方法にも種類がある。皇族を守ることを警衛、要人を守ることを警護、モノを守ることを警備という。各宮家によって多少の違いはあるが、警備はぴったりと付いて周囲を警戒するのではなく、わりとさりげなく近くから見守ってくれている、という感じだろうか。警視庁をはじめとする各都道府県にも警備担当の人たちがおり、地方に行くときには彼らが出てきてくれることになっている。気配を消すのが上手な人もいて、一緒にいた友人が、側衛が付いてきていることにまったく気づかなかったこともあった。

アメリカや中東地域に行くときなどは、期間の長短にかかわらず側衛はつねに付いてくる。しかし、(なぜか)EU圏内は「安全」であるとみなされ、二週間を超える滞在では付かないのである。なぜ二週間かというと、送り迎えで二週間以内に側衛を日本から二往復させるよりも、一人分の往復の航空券と滞在費のほうが安いという経済的な理由である。

もう少し詳しく説明すると、日本の警察が警察権を行使することのできない海外に日本の皇族が長期滞在をする際、皇宮警察は日本から側衛をつねに派遣しつづけるのではなく、その国の警察関係者に護衛をお願いする。しかし、英国ではそもそも私レベル(女王陛下の従兄弟《いとこ》の子ども)の王族には護衛が付いていない。

そのうえ、英国にはアラブやほかのヨーロッパの王族なども多く留学や長期滞在をされている。皇宮警察からの依頼だからといって私に護衛を付けてしまうと、英国内に何十人、何百人とおられる各国の王族・貴族の皆さまにも同じように対応する必要が生じて収拾がつかなくなるので無理なのだそうだ。つまり、皇宮警察が自前で対応できる二週間以上は護衛が付かないのである。もちろんこれは警衛の対象が誰かによって、日本でも受け入れ先の国でも対応が異なるため、今回の話はあくまでも「彬子女王の場合」ということを頭に入れて話を聞いていただけたらと思う。

子どものころからの習慣

留学時の側衛の仕事は、私が渡航する際に赤坂の宮邸《みやてい》から付き添い、私をオックスフォードの寮に無事に送り届け、次の日の便で日本に帰るというものだった。帰国するときはその反対で、日本から迎えにきて赤坂まで送り届ける。そのため、わが家の側衛たちは、何度も英国に来ているのに、滞在はいつも一泊三日。せっかくロンドンに来ても、バッキンガム宮殿やビッグベンをみている時間はない。英国らしさを味わう目的で、「フィッシュ・アンド・チップス」を食べて帰ることを心がけていたようだ。

私が英国からアメリカに行く場合、側衛にはさらに過酷な旅が課される。まず日本から英国まで私を迎えにくる。そして、一緒にアメリカに行き、滞在期間中の護衛をする。そして、私を英国に送って日本に帰るという短期間での「ヨーロッパ経由のアメリカ往復」をした側衛もいた。

側衛について「誰かが四六時中付いてきて、うっとうしくないですか？」といわれることがある。たしかに日本で側衛なしで歩ける場所といえば、御用地のなかや学校の構内だけ。女性服売り場で洋服などを選んでいるときは早く終わらせてあげたいと思うし、帰りが夜遅くなってしまったときは申し訳ないと思う。しかし、物心ついたときには、側衛が付いてくるのは当たり前になっていて、側衛なしで外を歩いたことがないのだから、留学するまでは側衛のいない生活を想像することができなかった。

幼稚園のころは、両親の代わりに側衛が迎えにきてくれることがほとんど。「彬子ちゃんはお父さんがいっぱいいていいね」とクラスメイトからいわれていた。買い物をしているときに意見を求めたり、愚痴《ぐち》を聞いてもらったりするときもある。十年以上わが家の担当をしていた側衛もいままで数名おり、子どものころから私のことを知っている彼らは、いわば家族のようなものである。向こうにしてみても、私がどのように成長してきたのかを、文字どおり「見守って」きたわけで、娘のようなものなのだと思う。いちばんベテランの側衛と私が一緒にいた時間を総合計すれば、父と一緒に過ごした時間より長いかもしれない。

留学当初、いちばん辛《つら》いと感じたのは、いつも一緒だった側衛がいなくなったことだった。日本から送ってくれた側衛が帰り、オックスフォードの寮で一人になったときのさびしさは言葉にしがたいものであった。それまでは、道がわからなかったら聞けばよかった。一人で映画を観にいっても、美術館に行っても、感想を共有できる人がいた。一般の方には考えられないことだと思うけれど、生まれて初めて一人で街を歩いたのは日本ではなくオックスフォードだった。お店のショーウィンドウで気になるものをみつけ、後ろを振り返って誰もいないことに気づいたときの、なんだか穴がぽっかりあいてしまったような気持ちはいまでもよく覚えている。

最初のうちはさびしかった私も、次第に側衛のいない生活に慣れていった。いきなり友達から電話がかかってきて十分後に会うことにしたり、論文書きに行き詰まり、急に思い立って映画を観にいったりという、日本ではできなかったことを気兼ねなく楽しめるようになった。そして、しばらくすると、逆に「自由な環境に慣れてしまうと日本の生活に戻るのはたいへんかなぁ」と心配に思うようになった。

久しぶりの帰国。側衛がオックスフォードに迎えにくる。大使館の車でロンドンのヒースロー空港に送っていただき、東京行きの飛行機に乗り込む。成田空港に到着し、側衛と飛行機を降りる。その途端、頑強な千葉県警の警衛担当に前後を囲まれる。オックスフォードとのあまりの格差に思わず苦笑い。でも、その瞬間にまた側衛のいる生活にスイッチが切り替わる。子どものころからの習慣とは不思議なものである。

外国でのハプニング

側衛の話をあともう少し。二週間以内の滞在やヨーロッパ以外への滞在だと日本と同じように側衛が付く。ただ、現実問題として日本の側衛が外国で役に立つかどうかといえば、それはまったく別問題である。わが家担当の側衛たちは、柔道や剣道の猛者《もさ》たちが多いので闘えば強い（はずだ）。しかし、基本的に英語は話せない。

外国資本の飛行機に乗れば、外国人のCAさんたちに日本語で話しかける。タクシーを停めて行き先を説明するのはもちろん私。言葉の通じない国で私を見失い、迷子になった側衛を探し回ったことも何度かある。レストランで食事をするときは、メニューを訳してあげることもあるのだが、サラダ、魚料理、肉料理と上から下まですべて訳したあとで「サラダにします」といわれたときは、心のなかで「なんですと⁉」である。このように、とにかく話の種には事欠かない。

なかでも一人、いろいろと海外での逸話をもつ側衛がいた。その名をシオダという。体重一〇〇kgを超える巨漢で柔道の使い手。怖そうにみえるが気は優しい。ちなみに方向音痴で高所恐怖症である。

そんなシオダがアメリカの西海岸での調査時に付いたことがあった。お世話になったのは、日本美術コレクターとして知られるジョー・プライスさんのお宅。ロサンゼルス郊外の高級住宅地コロナ・デル・マーにあり、多くの貴重な日本の絵画をみせていただいた。プライスさんとの話はまた別の章に書くことにし、シオダの話をしたいと思う。

滞在中、ロサンゼルス近郊のプライスご夫妻お薦めの美術館に連れていっていただいた。作品をみながら館内を見学していると、プライスさんの奥さまのエツコさんがシオダに「若い女の子のあとをつけているようにみえるから気をつけなさい」と注意をしている。聞いてみると、私の歩くあとをつける大柄の男シオダ、そしてその怪しい男を「何かあったらすぐに取り押さえてやる」と追いかける筋骨隆々《りゅうりゅう》の警備員。そんなおかしな光景が館内で繰り広げられていたのだそうだ。

これもカリフォルニアでの話。二〇〇八年に奨学金をいただき、三カ月間、カリフォルニアの内陸部の田舎町《いなかまち》であるハンフォードにある日本美術館で調査をしたことがある。そのときの旅に同行したのもシオダだった。アメリカではあるが、平和な田舎町であることと、三カ月という長期間だったため、オックスフォードと同じように、側衛は私を送り込んだあと日本に帰国することとなった。

翌日、シオダのホテルから空港への送迎を友人のシンディの息子さんに頼んだ。次の日の朝、予定の時間になると迎えの車から電話。シオダはすでにホテルをチェックアウトしたらしく、付近に見当たらないという。シオダは英語がまったくといっていいほどできない。心配した私とシンディは、シオダが行きそうなところに電話をかけて探したがみつからない。するとしばらくして、あるタクシーの運転手から電話が入った。シオダを乗せて空港に向かっているという。いぶかしんで風貌《ふうぼう》を聞いたら、たしかにシオダらしい。念のため電話を代わってもらったら、やはりそれはシオダであった。

じつは前日タクシー会社に電話をしたら、指定した時間の一時間前にしか迎えにいけないといわれた。そこでそちらを断り、シンディの息子さんに迎えにいってもらうことにしていた。でもその断ったタクシー会社が勝手に迎えにいってしまったらしいのだ。たまたま一時間以上前からホテルのロビーで待っていたシオダ。そこへたまたまシンディの車と同じ車種の車が迎えにきた。その運転手に「エアポート?」と聞かれたので、笑顔で「エアポート!!」と答え、車に乗り込んだのだという。乗ってしまったものは仕方がない。とにかくそれはタクシーであり、お金がかかるので、いくらくらい支払えばよいか説明をし、無事シオダは日本に帰っていった。普通はまったく知らない、おまけに言葉の通じない人の車に乗り込むというのはかなり勇気がいるはずである。いちおう警察の人間なのに、一歩間違えたらおじさんの誘拐事件になるところであった。

このように、外国で側衛に護衛されるというのは、ハプニング満載でいまとなっては楽しい思い出である。私の留学のせいで海外での仕事が多いわが家の側衛たち。体育会系の側衛には、日本美術の調査など面白くないことのほうが多いはずである。しかし、雨の日も風の日も言葉の通じない異国の地でも嫌な顔一つせず私を守ってくれる。私にとっては大切な家族の一員なのである。

3

苦学力行

苦学力行（くがくりっこう）

働いて学費を稼ぎながら勉学に励むこと。転じて、苦労を重ねて学問をすること。

授業のこと

初めての海外生活を目前に控え、不安でいっぱいだった十九歳の夏。皇太子同妃両殿下（当時）が私を東宮《とうぐう》御所にお茶にお招きくださった。東宮御所でのお茶はもとより、私一人でうかがうことすら初めてのこと。何を着たらよいのか、何をお話ししようかと、お目にかかるまではとても緊張したことをよく覚えている。応接室に通されると、両殿下がにこやかなお顔で出迎えてくださった。

オックスフォードで学んでおられた両殿下。お二方のご留学時のエピソードを、ユーモアを交えながら聞かせてくださった。とくに皇太子殿下は私が所属することに決まったマートン・コレッジの御出身。食堂での食事や洗濯の方法、図書館で本をどのように借りるか、ご自身はどの図書館がお好きだったかなど、懇切丁寧に教えてくださった。たしか殿下のご留学時代のアルバムもみせていただいたように記憶している。最後には「必ずよい経験になるから楽しんでいらっしゃい」と送り出してくださった。

このときのお話のおかげで、漠然としていたオックスフォードのイメージがより現実的なものとなった。そして、両殿下がこれほど愛情をもって話されるオックスフォードという場所はきっと素敵なところに違いないと思えるようになったのである。

その日の夕食の席でのこと、父に「皇太子殿下が図書館の使い方などを教えてくださって……」と興奮しながら報告をした。すると、一瞬の沈黙をおいて父がひと言。

「図書館なんてあったかな……」

その言葉に驚愕しすぎて、両殿下からいただいたアドバイスの話はそこで終わってしまった。

あまり知られていないことであるが、日本の大学とオックスフォード大学では運営の体制が大きく異なる。オックスフォード大学のなかには四十近くのコレッジ（学寮）と呼ばれる組織がある。各コレッジは独自の予算で運営をするため、キャンパスが違うだけではなく、寮の充実度も食堂のおいしさも学力レベルまでも違う。そして、毎年「ノリントン・テーブル」と呼ばれるコレッジの学力ランキングが発表されるため、各コレッジは優秀な教員・学生の確保に鎬《しのぎ》を削る。つまり「オックスフォード大学」というのはコレッジや共有の図書館、レクチャーホール、実験施設などの入れ物のようなものである。たとえていうならば、学習院、慶應、早稲田、青山学院……といった東京都内の大学をすべてひっくるめて「東京大学」というような感覚だろうか。つまり、オックスフォード大学を卒業した人間にとっては、どのコレッジに所属したかということのほうが重要になる。だからこそ留学先が皇太子殿下と同じマートン・コレッジになり、事前にお話をうかがえたことは幸運な偶然だったのである。

授業の形態もオックスフォードと日本とは違う。所属コレッジに関係なく専攻の学生が集まる「レクチャー」、コレッジで行われる十人程度の「セミナー」、先生（チューター）と学生が一対数人（多くても三人まで）で個人指導される「チュートリアル」の三種類がある。

これらの授業はすべて、一年と三年の年度末（語学、理科系など四年制の科目は二年と四年）に行われる試験に向けてのものなので、いわゆる「出席点」や「平常点」での評価は存在しない。毎回授業に出て、よいエッセイ（小論文）を書いていたとしても、試験の出来が悪かったらそれまで。進級できない人や卒業できない人も少なくない。この情け容赦のない制度のため、オックスフォードの学生はものすごく勉強をする。そして試験前などは街全体にぴりぴりムードが漂うのである。

幸いこの試験を乗り切る必要はなかった聴講生の私。しかし、授業はほかの学生と同じように受けなければならない。なかでもとくに恐ろしいのがチュートリアルだった。毎週、小論文のタイトルと参考文献リストを渡され、翌週にそれに基づいた小論文を持参。それを先生の前で読み上げ、議論をするというものである。

日常会話ですらまだおぼつかなかった当時の私にとって、毎週のチュートリアルを乗り切ることがいかにたいへんなものであったかは、ご想像のとおりである。大教室でのレクチャーは、なんとなく座っていればお茶を濁《にご》すことができる。でもチュートリアルは先生との会話が成立することが大前提。一対一の場合は、先生がこちらの反応を待ってくださったりもする。でもほかの学生と一緒の場合はそうはいかない。どんどん議論が進むなか、私は完全に放置されて、ひと言も発言できずに授業が終わってしまうこともあった。

この状況を改善するためには勉強をするしかないので、ほかの多くの学生と同じく学期中は図書館にこもりきりになった。ようやくエッセイを一本書き終わっても、来週までにはもう一本書かなければならない。私は一週間に一本、毎学期八本のエッセイを書くだけでよかったが、同級生たちは毎学期十本とか十二本をこなしていた。学期末になると心身ともに疲労困憊《こんぱい》である。始まる前は「一学期八週間なんて短いな」と思っていたが、この方式では肉体的にも精神的にも八週間が限界であるということを、身をもって知ったのだった。

この終わりのない「論文地獄」とでもいうべき状況を経験して、あらためて図書館の存在をご存じなかった父のことを思う。内容はどうあれ、二年ものあいだ、図書館なしでエッセイを書き、チュートリアルをこなされていたというのは、ある意味すごいことに違いない。

　そういえば、こんなことがあった。皇太子殿下のチューターでいらしたハイフィールド先生が、父のチューターだったストーリー先生の奥さまと私をお茶に招いてくださったときのこと。お二人とも殿下と父の思い出話をいろいろ聞かせてくださったが、何かのきっかけで私が父の「図書館あったかな」発言の話を披露することとなった。それをお聞きになったストーリー夫人が、「ヒロ（皇太子殿下）はよく勉強する学生だったけど、あなたのお父さんは勉強をしてはいなかったわね。でもトモさんはオックスフォードを心から楽しんだと思うわ」とおっしゃった。娘としては反応が難しいコメントではあったけれど、方向性は違っても、お二人ともオックスフォードの「模範」学生でおられたということなのだろう。

古代ケルト史を学ぶ

私はいま日本美術を専攻しているが、初めの留学時の専攻はケルト史で、特別科目として歴史の方法論を受講していた。スコットランド史にもともと興味があり、その源流であるケルトの歴史を勉強したいと思ったからである。ケルト史はジーザス・コレッジにおられるケルト学の大家、トマス・チャールズ＝エドワーズ先生とのチュートリアルだった。

チャールズ＝エドワーズ先生はいわゆる典型的なオックスフォードの学者さん。もじゃもじゃの髪にお髭《ひげ》、年代物のツイードのジャケットにコーデュロイのズボンが基本のスタイル。先生の研究室では、本は書棚からあふれ、床には書類や本がうずたかく積み上げられている。よほどのことでないと電気をおつけにならないので、いつも部屋は薄暗い。チュートリアルのときは、まずドアを開けてから足の踏み場を探し、飛び石を渡るように足をのばしながら椅子までたどり着く。片づいているとはお世辞にもいえない部屋だが、先生は本や書類のありかをきちんと把握しておられるのだから不思議である。

いままで勉強したこともない古代ケルト人の歴史を英語で学ぶというのは、思えばかなり無謀な挑戦だった。毎回、聞いたこともない聖人や王様がエッセイの課題になる。彼らが誰なのかを調べるところから始め、論文としてまとめなければならない。さらに、それを書き終えたところで心が休まることはない。先生と一対一で自分の論文をもとに議論をしなければならないのである。チュートリアルの前日は、毎回どうしようもなく憂鬱《ゆううつ》だった（エッセイが書き上がらずに、憂鬱になっているどころではなかったときもある）。それでもなんとかあきらめずに続けることができたのは、未熟な論旨と間違いだらけの文法を兼ね備えた私の文章を、辛抱強く解読し、正しい方向に導いてくださった先生の忍耐力と懐《ふところ》の深さのおかげだと思う。

特別科目の方法論は、マートン在籍の歴史専攻の同級生ルイーズとエリッサと一緒で、マートン・コレッジにおられる英国中世史がご専門のスティーヴ・ガン先生とのチュートリアルだった。ガン先生はとにかく優しい方で、じつは皇太子殿下とマートン・コレッジの御同窓。二人のお嬢さんがおられるマイホーム・パパで、怒っておられるところをみたことがない。私がどんなに出来の悪いエッセイを読み上げても「Good!」といって、まずはよい部分を褒《ほ》めてくださる。そのあとに「あなたはこのように書いているけれど、あの問題についてはどう思うか」などと問題点を指摘しながら議論を進めてくださる。先生の優しいご性格のおかげで、毎回チュートリアルは和《なご》やかな雰囲気だった。

最初は話を聞いているだけで精一杯だったチュートリアルも、徐々に議論に参加できるようになっていった。最初から最後まで読まなければいけないのかと思っていた参考文献の数々も、前に使った学生が線を引いたページの要点を拾うなどして要領よく読めるようになった。さらに、ルイーズの提案で、ガン先生のチュートリアルのあとに皆でお互いのエッセイを交換するようになった。二人ともよくできる子たちだったので、文章はとてもわかりやすく、論旨の組み立て方、ポイント、単語の使い方など勉強になることばかりだった。それをチュートリアルのあとに読むことで、理解できていなかったことを確認でき、おさらいにもなった。二人の心遣いにはほんとうに感謝している。

一年の留学を終え、学習院大学に戻り、マートン・コレッジと学習院大学の単位互換制度を用いて日本の単位に振り替えてもらった。そこで初めて知らされたのが恐るべき事実。私の一年間のオックスフォードでの苦労が、たった四単位にしかならないというのである。

先ほども触れたように講義の出席は自己判断。授業に出ていたと証明できるのはチュートリアルだけ。それも、一回六十分の授業を八週間×三学期受けたことにしかならないので、時間を計算すると約四単位だという。学習院の先生も「内容的には八とか十二単位くらいあげたいんだけどねぇ」と申し訳なさそうにいってくださったのだが、どうしようもないらしい。

三年生の一年間で四単位しか取れなかったので、学習院最後の一年間は、卒業に必要な単位を取るのに必死。同級生たちが週に一度くらいしか大学に来ないところ、毎日のように大学に行く羽目になった。いわば三年間で全部の単位を取って卒業したようなものなので、われながらよく頑張ったものだと思っている。

4

日常坐臥

日常坐臥（にちじょうざが）
「坐臥」は座ることと寝ること。すなわち、
起きているときも寝ているときも、の意味。
いつでも。ふだん。

マートン・コレッジの一日

私が学んだマートン・コレッジの設立は、日本史でいえば元寇《げんこう》のころにあたる一二六四年。オックスフォード大学内で最古のコレッジの一つである。残念ながら「最古のコレッジ」とはいえない。ベイリオル・コレッジ、ユニヴァーシティ・コレッジとマートンとのあいだで、「どのコレッジの設立がいちばん古いのか?」という論争の決着がついていないからである。各コレッジともにいちばん古いのはわれわれだと主張し、当然私もマートンがいちばん古いと信じている。

私が当時住んでいたのは、フロント・ファイブと呼ばれる棟にある学生寮。フロント・クオッドという大学の中庭に面した五番目の階段に入り口があるためそう呼ばれている。十九世紀の石造りの建物で、ところどころに石彫の装飾。私の部屋は、寝室とリビング+小さなシャワールーム。机やソファなどの家具は初めから備え付けられている。

いかにもオックスフォードに留学したい学生が心ときめきそうなセッティング

ではあるが、実際に住んでみると問題がないわけではない。とくに冬の寒さは辛《つら》かった。石の壁が冷気を閉じ込め、冷蔵庫のように冷え切り、ただでさえ冷え性の私の体温を、優しく、しかし確実に奪っていくのである。

さてこの章は、一度目の留学時の平均的な一日の様子をご紹介しようかと思う。

朝起きるとまずは朝食。フロント・ファイブはキッチンの付いていない寮だったので、入学当初は三食コレッジの食堂で食べていた。しかし、トースト、果物、コーヒー、紅茶という選択肢の変わらない朝食にすぐに飽きてしまい、食堂での朝食から脱落したのは一週間ほどたったころのこと。朝は自分の部屋で食べることにして、部屋の小さな冷蔵庫に牛乳やジュース、ヨーグルトなどを保存し、パンやシリアルと一緒に食べていた。

朝食が終わったら、大学の正門の脇にあるポーターズ・ロッジ（守衛所）にある郵便受けを確認しにいく。メールなどでの連絡が一般的になるなか、ときどき届く家族や友人からの手紙はとても嬉しいものだ。

守衛所では郵便物チェックのほかにもう一つすることがある。それは夕食の席の確保。コレッジで夕食を食べるときは、守衛所にある機械にカードを通して事前に予約をしなければならない。まず、普通食かベジタリアンかを選び、六時半からのカフェテリアスタイルのカジュアル・ディナーか、ガウンにジャケット、ネクタイ着用で出席する七時十五分からのフォーマル・ディナーにするかを決める。五日くらい先まで予約ができるが、当日は朝の十時で予約が締め切られてしまう。予約するのを忘れて夕食を食べられなくなるのは、キッチンをもたない学生にとっては大きな事件なのだ。

夕食の予約が終わると、授業があるとき以外はだいたい図書館に行く。私がよく使っていたのは、OWL（フクロウ）という愛称で親しまれるマートン・コレッジのメイン・ライブラリー。OWLは、Old Warden's Lodgings の略称で、その名が示すとおり昔は学長の公邸だった。豪華な邸宅を改装して図書館にしたのだから、昔の名残《なごり》で部屋数は多く、内装には重厚感がある。歴史を感じさせる艶《つや》をたたえたオーク材の本棚に囲まれ、中世の英国貴族の書斎で勉強しているような気分になれるので好きだった。

マートン・コレッジにはこのほかにも図書館がある。モブ・ライブラリーは十六世紀の内装と書籍がそのまま保存されている。一部の本は本棚と鎖でつながれていて持ち出しができないようになっており、当時の本の貴重さがわかる。この一階部分を改装した図書館は、現代的で窓も大きく開放的な作りになっている。庭を眺めながらリラックスして本が読めるのでここもお勧め。その日の気分や、読まなければいけない本によっては、少し離れたところにある歴史学部の図書館や、ボドリアン・ライブラリーというオックスフォード大学全体の公式図書館(日本の国立国会図書館のように英国で出版されたすべての本が収蔵されている)に行くこともあった。

ランチタイムは十二時四十五分から。一時を過ぎるころには、学生が食堂の入り口から二〇メートルくらいの列をつくる。ミール・カードというプリペイド・カードを食堂の入り口にいるスタッフに渡し、昼食代を払う。メイン料理は三種類ほど。どれか一つを選び、その横に付け合わせの野菜を盛ってもらう。メイン

のほかにも、スープやデザート、取り放題のサラダバー、ヨーグルト、果物、チーズなどがある。組み合わせは自由で、フルコースで食べる人もいればサラダだけの人もいる。何を食べても料金は一律で一・五ポンド（三〇〇〜四〇〇円）くらいだったと記憶している。

食べ物を調達すると、次にするのは座る席をみつけること。食堂には一〇メートルを超える長テーブルが三列ある。空《あ》いた席に適当に座って食べるというシステムなので、毎日、誰が隣に座るかはわからない。同じ歴史専攻の友達と一緒になることもあれば、初めて会う医学専攻の大学院生の隣に座ることもある。隣が初めての人だと握手して自己紹介をする。

日本では「彬子女王です」と自己紹介をした時点で、相手がちょっと身構えてしまい、「あいだにみえないガラスが一枚入ったな」と感じることがある（変わった名前だと思われて、まったく気づかれない場合もしばしばある）。それに比べて、外国ではフルネームを名乗らなくてもよいので、「日本から来た歴史専攻のアキコ」として関係が成立してしまう。出会って何度目かの昼食で「アキコって日本のプリンセスなんだって？」といわれることもよくあったが、それを認めたところで「へー、そうなんだ」くらいのことで終わってしまう。そこですでに築かれた関係がぶれることはなく、とてもフラットな関係の友達をたくさん得ることができたのは、海外に出たからこその幸運であった。

フォーマル・ディナーの楽しみ

そういえばこんなこともあった。日本の某省庁からの出向で、オックスフォードに留学していたタケシさん(仮名)に会ったときの話。日本語で「彬子女王です」と自己紹介したのだが、音から判断して「アキコ・ジョー」さんだと思ったらしい。よく考えてみたら、日本人の女の子で「ジョー」という名前はおかしいのではないかと思うが、とりあえず面白いので何もいわず放っておいた。

そのタケシさんと日本学専攻で日本語を話せるブルガリア人のシルビアと、昼食後にお茶をしたことがあった。タケシさんが「ジョーさんはどこの大学出身なの?」と聞いてきた。「学習院です」と答えると、タケシさんは得意げな顔でシルビアに説明――「学習院って皇族の人も通う由緒ある学校なんだよ」。たしかにそのとおりである。私がそうなのだから。

タケシさんの次の質問は「ジョーさんのコレッジはどこなの？」だったので、

「マートンです」と私。

するとまたシルビアに向かって、「マートンは日本の皇太子殿下が通われたコレッジなんだよ。学習院からマートンなんてすごい偶然だね～」と彼。

そろそろ種明かしをしてあげたほうがよいかと思い、「そうなんです。同じ道筋を通っているので、皇太子殿下もすごくかわいがってくださって」といってみた。すると、

「えっ、ジョーさん、皇太子さまと知り合いなの？」

「はい、又従兄《またいとこ》なんです」

「へ～、そうなんだぁ」

「……」

さすがにわかるかと思っていったのに、タケシさんは完全に納得してしまった。

このやりとりを隣で聞いていたシルビア。もちろん彼女は私が誰かを知っている。しびれをきらした彼女が、「信じられないかもしれないけど、この子ほんとうに日本のプリンセスなのよ」と打ち明けた。一瞬の沈黙のあと、「えーーーーーー!!」という絶叫が喫茶店中に響き渡ったのだった。

さて、お話を元に戻そう。昼食をコレッジの食堂で済ますと、チュートリアルや講義に出かけることもあれば、図書館に戻ることもあり、こうして友達と集まってお茶をすることもよくあった。

七時ごろには夕食である。朝食は一週間で脱落した私も、ひと月くらいは昼夜、食堂で食事をとっていた。しかし、英国料理はヘビーである。毎日二食も食べていたら胃がもたない。二カ月目くらいから昼夜どちらか一食は食堂に行き、一食はサンドイッチなどを買って軽く済ませるようになった。食堂は人と会って情報交換をする社交の場であり、一日一回行けばだいたいの用事は事足りるからである。

ともすれば単調な日々の続くオックスフォード大学での生活。一週間に一度のチュートリアルを中心に生活が回るので、とにかく勉強をするだけで精一杯である。そのなかで、ガウンを着用して行くフォーマル・ディナーは数少ない楽しみの一つだった。

食堂の奥にはハイ・テーブルと呼ばれる場所がある。食堂のいちばん奥、学生の席より一段高い場所に二十人ほどが座れる格調高いダイニング・テーブルが置かれている。高い天井に壁中に飾られた歴代学長の肖像画。けっして座り心地がよいとはいえない硬い木のベンチに間接照明。まさに『ハリー・ポッター』に出てくる食堂そのもの（実際に『ハリー・ポッター』の映画のロケに使われたのは、マートンのご近所のクライスト・チャーチ・コレッジの食堂である）。

時間になると、奥の扉からガウンを着た学長以下、先生方がぞろぞろと入場し、テーブルの周りに立つ。机に備え付けられている木槌《きづち》を学長がドンドンと二回叩くと、全員が起立。その日出席しているなかでいちばんの優等生が進み出て、ラテン語でお祈りを述べる。お祈りの最後、学長が「アーメン」といったら、着席して食事が始まる。前菜、メインのあとにデザートという流れである。

フォーマル・ディナーには、学生一人につき三人までゲストを連れていくことが許されている。オックスフォードの友人はもとより、観光に来た日本の友人を連れていったこともある。中世に学んだオックスフォードの学生たちもいまの私たちと同じように食事をしていたのだから、ちょっとしたタイムスリップ気分も味わえる。

食事が終わったら部屋に戻り、エッセイを仕上げたり、本を読んだりして、就寝というのがいつものパターン。あらためてこう書いてみると、勉強ばかりの模範学生のようにみえるかもしれないが……、模範学生だったと思っていていただきたいので、この章はこれでおしまいにしておこう。

5

合縁奇縁

合縁奇縁（あいえんきえん）
「合縁」は本来仏教用語で、恩愛から起こる人と人の結びつき。「奇縁」は思いがけないめぐり合わせ。人と人とが互いに気心が合うかどうかは、みな因縁という不思議な力によるものだという意味。

現地の日本人事情

マートンの学長の公邸で開催されたあるパーティーに招待されたときのこと。たまたま座ることになった席は、日本の人類学がご専門のロジャー・グッドマン先生の隣だった。いつもニヒルな笑みを浮かべており、早口だが、とてもフレンドリーな人である。ケルト史に興味があるという話をしたら、「自分の学部にケルトの研究をしている日本人がいるから会ってみたらどうですか？」とメールアドレスを教えてくださった。連絡先を教えてはいただいたものの、まだ一学期目で英語もままならず悪戦苦闘していたころのこと。「いま日本人に会ったら甘えてしまいそうだな」などと思い悩んでいるうちに、すっかり連絡するのを忘れてしまっていた。

たしかその年（二〇〇一年）の十二月二十二日のことだったと思う。一時帰国していた私は、原宿駅前で友人と待ち合わせをしていた。クリスマス前で人がごった返す原宿駅。ぼんやりとあたりを見回していると、突然後ろから声をかけられた。「You are a Mertonian, aren't you?（マートン・コレッジの人ですよね？）」。「え、英語？」「そしてマートンっていった？」と混乱しながら振り返ってみると、たしかにみたことのある顔がそこにある。大学の食堂などでみかけたことのあるアジア人らしい顔立ち。日本人なのかなと思ってはいたものの、いままで話したことのなかった人がそこに立っていた。

彼の名前はフレッド。マートンに所属しており、日本人ではないが、お父さまが日本でお仕事をされているので家が日本にあり、成田空港からいま着いたばかりだという。こんな場所でオックスフォードの人に会うとはなんという偶然。またマートンで会いましょうといってそのときは別れた。年が明けてオックスフォードでフレッドと再会すると、ときどき食堂で食事をするようになった。フレッドの専攻は生理学。オックスフォード大学代表の社交ダンスチームに入っている。学校をつねに首席で卒業してきた自他ともに認める秀才で、やや理屈っぽいのが玉《たま》に瑕《きず》だが、いつも友達に囲まれている人である。

オックスフォードで留学生活を始めて四カ月ほどたったある日、私が連絡をしそびれてしまっていたケルトの研究をしている学生さんからメールが来た。グッドマン先生から私のことを聞き、「よかったらお茶でもしませんか」と声をかけてくれたのである。そのときは私もだいぶ心に余裕が出てきていたので、「ぜひ」といってマートンの近く、ハイ・ストリートにある英国で最古のコーヒーハウス、グランド・カフェでお茶をする約束をした。

その数日後、食堂でいつものようにフレッドとおしゃべりをしていた。するとフレッドが突然、「今度の金曜日、グランド・カフェでお茶らしいね？」と聞いてきたのである。「なんで知ってるの？」と問い詰めてみたが、「行けばわかるよ」とはぐらかされてしまった。

頭のなかがクエスチョンマークでいっぱいになりながら迎えた待ち合わせ当日。予定の時間にカフェに現れたのは、私よりちょっと年上のようにみえる、とてもかわいらしい女性だった。

彼女の名前はミツコさんというらしい。挨拶をひととおり済ませて、まずはミツコさんにフレッドとの関係を聞いてみた。すると、彼女はフレッドの弟のポールの婚

約者で、いまフレッドとポールとミツコさんの三人で同じ家に住んでいるのだという。たまたまフレッドと原宿で会い、たまたま出会ったグッドマン先生の学生さんがミツコさんで、おまけにそのミツコさんがフレッドの義理の妹になる予定の人だとは……、偶然とは恐ろしいものである。

　そんなご縁の重なりのおかげか、ミツコさんとはとても仲良くなった。ミツコさんは、日本の大学を出たあと、私と同じようにビジティング・スチューデントとしてオックスフォードに留学し、当時は考古学と人類学を組み合わせた修士課程に在籍中。そして、研究のフィールドワークの関係で、アシュモリアン美術館の日本部門の研究員としても勤務していた。

　しばらくしてから夕食に招待された。お家《うち》は街の中心部からちょっと離れたサマータウンにあり、オックスフォードの典型的なデタッチド・ハウス（四ベッドルームくらいある一軒家）だ。門の前まで来ると、玄関先でフレッドともう一人の男性が掃除をしていた。この人がフレッドの弟でミツコさんの婚約者のポール

に違いないと思っていると、いきなり「はじめまして！　ポールです」と流暢《りゅうちょう》な日本語で挨拶をされた。フレッドとは初めて交わした言葉が英語だったので、それ以来ずっと話し言葉は英語。でもその弟が完璧な日本語で話している。頭が混乱して、目が白黒する。隣で「してやったり」という顔のフレッド。じつは彼は、私と初めて会ったときから、ミツコさんが私に会う予定だということを知っていただけではなく、日本語がわかることも黙っていたのである。すべては、このときに私を驚かせるために綿密に立てられた計画に違いない。まんまと計略にはまってしまった。

よくよく話を聞いてみると、フレッドもポールも生まれたのはアメリカだが、日本で幼少期を過ごしており、日本語も理解できるらしい。ポールのほうが日本にいた期間が長かったので、日本語は英語と同じく母国語のように話せるとのことだった。

それ以来この三人とはほんとうに仲良くなり、家族ぐるみのお付き合いをさせていただいている。とくにミツコさんとは、いつのころからか「みーちゃん」「あきちゃん」と呼び合う仲になった。そして、私の計六年間に及ぶ留学生活において、この三人はなくてはならない存在になった。それを証明するかのように、この三人はこれからもたびたび登場するはずである。

海外で頑張る日本人留学生たちの進路

さて、オックスフォード大学には世界中の国々から学生が集まってくる。そのなかには日本人も含まれている。数えたことはないが、おそらくオックスフォード大学に所属している日本人は全体で一〇〇人くらいはいるのではないだろうかと思う。学生としては、私のように私費留学する人、外務省の研修やそのほか官庁からの派遣などで公費留学する人などがいる。学生のほかには、大学の先生や、みーちゃんのように大学付属施設の図書館や博物館の職員として働いている人もいる。とくにセント・アントニーズ・コレッジには日産日本問題研究所という機関があり、その関係でセント・アントニーズにはつねに日本人の職員と学生が所属している。

マートン・コレッジはというと、学習院との提携関係や、日本人対象の奨学金制度がある関係で、毎年必ず一人は日本人の学生が入ってきていた。最初の留学のときも、学部生は私一人だったが、大学院にはマリコさんとナツノさんという日本人の先輩が二人いた。二人とも歴史専攻だったので、いろいろ親身になって勉強のアドバイスをくれたり、部屋に呼んで日本食を食べさせてくれたりした。二度目の留学のときも一学年に一人二人、日本人がいた。いつも日本人同士で固まってということはなかったが、日本食パーティーなどをよく一緒に企画した。母国語が話せる相手というのは一緒にいてほっとする。それにチュートリアルの辛《つら》さを経験した者同士でしかわかり合えないこともある。彼らと過ごす時間は、辛いことも多かった留学生活のなかで数少ないやすらぎのひとときだった。

初めて留学したときと卒業する前とで変わったことといえば、日本人留学生の数である。とくに私費留学してくる日本人はかなり減ったと思う。これはオックスフォードに限らず、よくお世話になったロンドン大学でも同様である。この原因として考えられるのは、日本人学生を取り巻く留学事情が年々厳しくなっていったことだろう。

まず、EU圏外からの留学生は、圏内の学生の倍近い学費を払わなければならない。そのうえ円安が進んでしまうと、あれよあれよという間《ま》に、年間でいうと何十万円も授業料が増えてしまったりもするのである（もちろん逆に安くなることもあるが、そういうときのことはあまり覚えていないものである）。

でも、学費のことよりも日本人の留学が減っている理由はほかにある。それは卒業後の就職の問題だ。日本の大学在籍中に休学して、一年間程度の留学をするのであればそれほど問題にはならないが、大学を卒業してから海外の大学院に本格的に留学してしまうと駄目である。とくに私のような文系人間だと、日本で就職したい場合は圧倒的に不利となる。日本では研究者の世界はいまだ学閥主義のところが往々にしてあり、研究職といわれる多くの就職口は、そういった関係のなかで決まってしまうことが少なくない。つまり、海外で学位を取ってきた私のような人間が入り込む余地はなかなかないのである。

それなら、わざわざオックスフォードやケンブリッジで学位を取るより、東京大学や京都大学に入れるのであれば、そこで学位を取ったほうが有利。頭の良い学生はそれを十分承知しているので、私のように海外で博士号を取ろうなどという暴挙には出ないのである。だからこそ、オックスフォード大学卒業後、立命館大学に拾っていただけた私はとても幸運であったと思う。

そういうわけで、一度海外の大学に腰を据《す》えてしまった日本人の多くは日本になかなか帰ってこられなくなってしまう。私の友人にも海外で評価された優秀な人は少なくないが、よほどのつてがないかぎり、みな日本に帰ることは初めからあきらめている。実際のところ、日本で就職できた人たちはほんのひと握りだ。無理に日本に帰っても、自分の学歴にふさわしい仕事はみつからないので、海外で就職せざるをえなくなるのである。海外の有力大学で学業を修め、外国人と対等に渡り合うことのできる人材が、日本での活躍のチャンスを得ることができないのはほんとうに残念だと思う。

二〇一〇年、アメリカのパデュー大学の根岸英一先生がノーベル化学賞を受賞された。日本のメディアでも大々的に取り上げられたそのときの記者会見。根岸先生は「ペンシルベニア大学で博士号を取得して日本に帰ってみると、日本には私を受け入れる余地はまったくなかった」といった主旨のことをいわれた。そのうえで、「若者よ、海外に出よ」といわれたのである。日本を離れ、実力だけで結果を残された先生のそんなお言葉を聞いて、海外で頑張っている日本人はほんとうに救われたと思う。留学中、日本では評価されずとも、日本のためになると信じて頑張っている人たちがたくさんいることを知った。そんな世界で活躍する日本人にもっと光が当たる日が来ればと願うばかりである。

6

一期一会

一期一会（いちごいちえ）

茶道の心得をいう語で、どの茶会も一生に一度のものと心得て、主客ともに誠意を尽くすべきことをいう。転じて、どの出会いも生涯一度だけの機会と考えて応接に専念せよとの意味。

JRの恐怖

海外で日本美術を研究しているというと、不思議な顔をする人は多い。だいたい八割くらいの人に「どうしてわざわざ外国で？　日本ではだめなの？」と聞かれる。そこでこの章では、なぜ私が英国で日本美術を学ぶことにしたかについてお話ししてみたい。

私の博士論文の研究テーマは、「十九世紀末から二十世紀にかけて、西洋人が日本美術をどのようにみていたかを、大英博物館所蔵の日本美術コレクションを中心に明らかにする」というものだった。

どんな博物館でも所有する作品について、購入した日時や金額、過去の持ち主といった記録が残っている。世界有数の規模を誇る大英博物館が所有する日本美術品の総数は約三万点もある。これら日本美術品の多くは十九世紀末から二十世紀、日本でいう明治時代に蒐集《しゅうしゅう》されたものであることをご存じだろうか。このころに蒐集された日本に関する作品数はほかのアジア諸国と比べても多いほうで、明治時代における日本人と英国人との関係は、その前の江戸時代に比べて、急速に親密になったことがわかる。つまり、私の研究を簡単にいいなおすと、「なぜ大英博物館が明治時代に多くの日本美術を蒐集することになったのか」を明らかにすることである。

研究対象は大英博物館内に残る膨大な史料が中心になるので、日本の大学に所属していては不可能だった。そして、あまり知られていないことだが、現在の「日本美術史」の基礎は、ある英国人がこのころにつくり上げた土台の上に成り立っている。つまり「日本美術史」の歴史を理解するうえで、欠かすことのできない秘密が大英博物館の史料のなかに眠っていたのである。そういうわけで、私の研究は日本美術なのに英国でなくてはならないという少し変わったものだったのである。

では、少しだけ時間を戻すことにしたい。なぜ私がこの研究テーマに興味をもつようになったかというお話である。

最初の留学をしたとき、学部に所属している日本人は私一人だった。結果的に日本に関連する質問は、政治であれ、経済であれ、歴史であれ、文学であれ、すべて私のところに集まってくる。日本にいるあいだは「専門でないのでわかりません」といえたことも、英国ではなかなか通用しない。「自分の国のことなのに、なぜわからないのか」といわれてしまうこともある。まして、私の場合は「日本のプリンセスなのに」という前置きもある。私にとっての初めての英国留学は、自分がいかに日本のことを知らなかったかを思い知らされるという経験にもなった。

でもそれと同時に、自分が「日本人である」ということも実感できた。日本にいるあいだは、自分が日本人だと意識することはほとんどなかった。でも、さまざまな国の人たちと知り合えたことで、文化や言葉、習慣の違いを肌で感じることができた。それに「日本人はみんなお寿司が握れる」とか「忍者はリアルにまだ存在する」とか、日本についての間違ったイメージがまかり通っていることにも驚いた(そしてドイツにはプロの忍者が存在し、忍者教室なるものがあるということも教えられた)。

そんなこともあり、二度目の留学のときには日本の代表としてきちんと日本のことを勉強し、正しい知識をもって海外の人たちに伝えていきたいという気持ちが芽生えてきていたのだと思う。
研究の対象をスコットランド史から日本美術に変えることになったのは、そんなところにされたある質問がきっかけだった。

「浮世絵はどのように
みるものなのか」

ジェシカ・ローソン先生はマートン・コレッジの学長である。英国人のお母さんらしい、わりとどっしりとした体格で、思ったことはすぐ口に出す。中国美術（考古学）が専門で年に二～三回は中国に行っており、少数民族の民族衣装の上着やアクセサリーなどをいつものファッションに上手に採り入れている。とにかく頭がよい人で、仕事も早い。中国美術という学問としてはマイナーな分野を専門としながら、大英博物館のアジア部長を務め、オックスフォード大学のコレッジの学長になったのだから、その政治力も凄まじい。本当かどうかはわからないが、エリザベス女王陛下にプライベートで電話をできるという噂もあるほどだ。

　ちなみにここでは「ジェシカ」と呼ぶことにするが、私は学生時代に、彼女に「ジェシカ」と呼びかけたことはない。ジェシカは学生がファースト・ネームで呼びかけるのは許さず、「学長」もしくは「ローソン教授」というように指導する。学位を取って卒業し、師匠と弟子ではなく、対等な研究者同士の立場になって初めてファースト・ネーム、つまり「ジェシカ」と呼んでもよいというローソン・ルールがあったからである。

　ジェシカは気難しいわけではないが、機嫌がいいときと悪いときの差が激しいところがある。ご機嫌斜めのときは恐ろしい。書きあげた論文の一部をみせたら、ひと言「書き直し」と突き返された友人もいた。たしかに内容がきちんとしていない論文だからなのだが、指導教授から枕詞《まくらことば》も何もなく全否定をされるとダメージが大きい。先生方でもジェシカを恐れている人たちは多い。私がジェシカ・ローソンの学生だということを知るとたいてい「それはたいへんだね」と同

情の眼差《まなざ》しを向けられるのである。

こうしてジェシカの恐ろしさを経験したことのある学生は、畏怖の気持ちを込めて彼女を「JR」と呼ぶ。もちろんJapan Railwaysではない。Jessica Rawsonのことだ。チュートリアルやセミナーの前はよく、「今日のJRの機嫌予報」が仲間同士で回ったものである。私もJRにかなりしごかれたので、正式にジェシカと呼ぶのが認められたいまになっても、いまだに畏《おそ》れ多くて本人に向かってはジェシカと呼びかけることができないのである。

まだJRの恐怖を知る由《よし》もなかった一度目の留学時、彼女は私に「私と日本美術でチュートリアルをしてみませんか」と声をかけてくれた。いまから思うととてつもなく恐ろしいオファーなのであるが、そのときはとくに断る理由もなかったので、ちょうどいい機会だと思い、お言葉に甘えることにした。

ジェシカの二回目のチュートリアルのテーマは浮世絵だった。そのときジェシカからされたある質問に私は答えることができなかった。その質問とは、「浮世絵はどのようにみる(鑑賞する)ものなのか」である。当時はスコットランド史を専攻していた私。江戸時代の人が浮世絵をどのように鑑賞していたかなど考えたこともなかったのである。

西洋では絵画や版画は額に入れて壁に飾る。基本的な絵画の用途とは場所を飾ることである。しかし、絵画の機能はそれだけではないと考えられている。有名画家の高価な絵を飾れば、富と権力を示すステイタスシンボルになる。歴代の家族の肖像画をかければ、歴史のある由緒正しい家であることがわかるし、無名の現代作家の作品をかければ、美術に造詣《ぞうけい》の深い文化人にみえるだろう。つまり、絵画には持ち主の人となりを表わすという機能がある。そして、西洋の絵画は一度かけてしまえば、よほどのことがないかぎり取り換えられることはない。

でも日本の絵画の場合は少し違う。金箔や銀箔をふんだんに用いた城の襖絵《ふすまえ》のように、城主の権力を示すために使われることもあるが、一般的には、部屋のなかに季節感を生むという機能が中心となる。そして、お客さまに合わせて使い分けるものでもある。床の間《とこま》に飾る掛け軸は、春なら桜、夏なら水、秋なら紅葉、冬なら梅……と使い分ける。桃の節句であれば立雛《たちびな》、端午《たんご》の節句であれば甲冑《かっちゅう》や鍾馗《しょうき》の絵が飾られる。そうして、季節感のない和室に季節や節句を表現するのである。一年を通して飾りっ放しの西洋の絵画とは基本的な性質が違うものだ。

ではジェシカに質問された浮世絵はというと、これもまた少し違う。いまでこそ日本美術史のなかで語られる浮世絵であるが、つくられていた当時は現代でいう雑誌のようなもの。好きなアイドルの載った雑誌の切り抜きのように壁に貼ることもあったかもしれないが、どちらかといえば普段はしまってある物を折に触れて取り出してみるものだ。いまの私なら、「浮世絵はどのようにみるものなのか」という問いにはこんなふうに答えるだろうか。

しかし、「江戸時代の浮世絵の見方」について答えられなかったあのころの私。その日は、ああでもない、こうでもないと考えながら部屋まで帰ったのを覚えている。この出来事以来、私の日本美術に対する見方が変わりはじめた。たとえば、「日本人にとってはお寺で拝むものであるはずの仏像が、なぜ美術館で飾られるのか」とか、「明治時代の英国人は日本の掛け軸をどのようにして部屋に飾っていたのか」とか、そういうことが気になるようになっていった。

ジェシカのチュートリアルはとても勉強になった。毎回違う観点から、西洋人がどのようにアジアの美術を解釈し、理解し、評価しているのかに触れることができた。そして、美術品に対する考え方が、西洋と東洋では根本的に異なるということを思い知らされたのだった。

一度目の留学に終わりが近づいたころまでには、私のなかに日本美術に対する一つの疑問が生まれていた。西洋人と日本人では日本美術の見方が違う。情報が瞬時に世界中を行き交う現代ですらこれほど違うのならば、日本美術に初めて出合った西洋人には日本美術はどのようにみえたのだろうという疑問だった。

とにかく妥協を許さない人

一度目の留学期間をほぼ終えて日本に帰国する少し前、ジェシカに挨拶をするため学長室を訪れた。そのとき、「日本の大学を卒業したらまたオックスフォードに帰ってきて、このようなテーマで日本美術を勉強してみたい」と相談をしてみた。すると、彼女は「にやっ」と笑って、「それは面白そうなテーマだから、私があなたの指導教授になってあげましょう」といってくださったのである。

帰国して無事学習院大学を卒業して、オックスフォード大学に戻り、私はジェシカの学生になった。しばらくして一度目の留学時には気づかなかったジェシカの恐ろしさを体験することになった。とにかく妥協を許さない人である。時間をかけて必死に書いた文章なのに、「この部分はいらない」と三ページぐらいにわたり大きく「×」がついている。一ページに「No!」「Not correct!」「That's wrong!」と三種類の「No」が踊っていたこともある。そのうえ悪筆なので、書いてあることがなかなか読めない。仕方がないのでジェシカの秘書さんのところにもっていって解読してもらうのだが、そのぐりぐりの文字が「I don't think so.」だったときは、ほんとうに滅入った。ジェシカのコメントが返ってくると二日ぐらいは落ち込み、なかなか現実世界に帰ってくることができない。そのおかげで何度胃を壊したことだろう。

でも、彼女の厳しい指導をくぐり抜けた結果、オックスフォードでも通用する博士論文を提出することができたのだと思う。そういうわけで、ジェシカにはほんとうに感謝している。でも、彼女がこの文章を読まないことを、いま私は心から願っている。

7

千載一遇

千載一遇（せんざいいちぐう）

「千載」は千歳、千年に同じ。一遇は思いもかけず出会うこと。千年に一度来るかどうかという、またとない絶好の機会の意味。

アフタヌーン・ティーを女王陛下と

オックスフォード大学での私の指導教授、オックスフォードのJRことジェシカ・ローソン先生はとてつもなく顔が広い。この章は、彼女の紹介でお会いした二人の有名人についてお話ししようと思う。

私を自分の学生にすると決めたとはいえ、ジェシカは日本美術が専門ではない。そこで、彼女は二人目の指導教授として日本美術の専門家を紹介してくれた。コンタクトを取るようにといわれた相手は、大英博物館の日本セクション長であるティム・クラーク先生だった。ジェシカはマートン・コレッジの学長になる前、大英博物館のアジア部の部長を務めていたので、クラーク先生とは旧知の仲であったことから頼みやすかったのだと思う。クラーク先生とはメールで何度かやりとりをし、ある日の午後に大英博物館でお会いすることとなった。

待ち合わせの場所に着くと、クラーク先生がいらっしゃった。ギリシア彫刻のような端正な顔立ち。ちょっと人を寄せ付けないようなぴんとした雰囲気が漂っている。あまりにも完璧な容姿と佇《たたず》まいで、こんなことでもなければ私から話しかけることはとうていできそうにない、そんな感じである。すると、「話すのは日本語と英語どちらがいいですか？」と、英語で質問された。「ここは英国なので」と英語で話すことをお願いし、先生とは英語で会話をすることになった。

先生は、私が研究したいテーマの説明を終えるまで黙って聞いてくれた。たどたどしい英語でなんとか説明を終える。するとすぐに、「それだったら、大英博物館のアンダーソン・コレクションを研究してみたらどうですか。外国人のつくった日本絵画のコレクションとしてはもっとも古いものの一つだけれど、いままでほとんど研究されていないし、研究テーマにも合うと思いますよ」とご提案くださった。先生のおっしゃる「アンダーソン」が誰なのか、このときはまったくわからなかった。でも、クラーク先生が指導教授を引き受けてくださったことと、面白くなりそうな自分の研究テーマにわくわくしながらオックスフォードに帰ったことをよく覚えている。

さて、このティム・クラーク先生、とにかくシャイな人である。二度目の留学でクラーク先生に指導をしてもらうようになっても、その他人行儀な感じはずっと変わらなかった。私のことをずーっとPrincess Akikoと呼ぶし、無駄話はほとんどできないし、こちらから勉強以外の話題を振っても、たいてい素っ気《そけ》ない返事が返ってくるだけなのだ。だからあるとき先生との距離をなんとか縮めたいと思い、「Princess Akikoと先生に呼んでもらうのは学生として気が引けるので、アキコでけっこうです。私もティムと呼びますから」といって、ようやくアキコと呼んでもらえるようになった。それ以来少しずつ打ち解けていったが、プライベートな話が普通にできるようになるまで二年くらいかかったと思う。そういうわけで、これから先生のことを書くときはティムと書くことにする。

ティムは日本語がうまい。外国の方でもときどき日本語がほんとうに上手な方にお目にかかることがあるけれど、ティムの日本語はほぼ日本人のそれである。それも古風な日本語を使う。「今日は白雨《はくう》(にわか雨のこと)をみた」とか「片《かた》田舎《いなか》の母の家に」というような表現が普通に出てくるのである。ずっと私がおぼつかない英語で会話をしていたのに、日本人の先生がおみえになっていたときに完璧な日本語で話しているティムの姿をみて、どれだけ落ち込んだことだろう。

学生時代に学習院大学に留学をしていたティム。私が学習院にいたころに、日本美術史の基礎や美術品との向き合い方を仕込んでくださった哲学科の小林忠《ただし》先生のゼミ生だったのである。そして、その技術は日本語だけにとどまらない。小林先生は「クラークさんは海外にいる学芸員さんたちのなかで、いちばん美しく丁寧に美術品を扱う人ですよ」とよくおっしゃっていたが、ほんとうにそのとおりだと思う。日本人以上に日本人な英国人なのである。

博士論文を思い起こすと、ティムにはほんとうにお世話になった。大学院から日本美術に鞍替《くらが》えした私を根気よく指導してくださった。日本にもって帰っても意味のある研究になったのは、ジェシカのプレッシャーとティムの専門的な指導のおかげだった。ジェシカとティムと研究の話はまたあとの章でするとして、ともかく、こういうわけで、第二の指導教授が大英博物館のティム・クラーク先生に決まった。こうして、二度目の留学を胸に描きながら私は一度目の留学を終えたのだった。

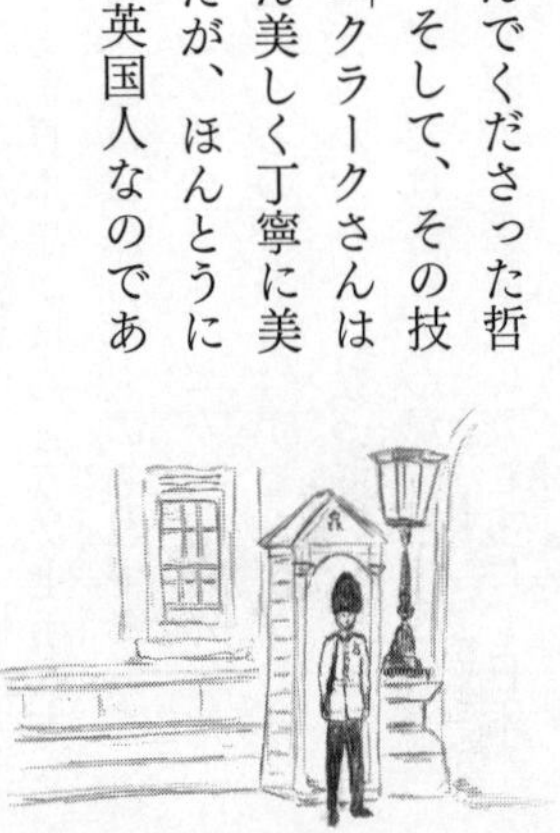

バッキンガム宮殿への
お招きの連絡

さて、ジェシカに紹介されたもう一人の有名人は誰かというと、エリザベス女王陛下である。前の章で、「ジェシカは女王陛下に直接電話ができるという噂がある」という話を書いた。ジェシカは女王陛下のご側近の一人と親交があり、折々に、日本のプリンセスがどうしているかをその方に報告してくださっていたようだ。そんなことから女王陛下が一度私に会ってあげようと思ってくださったらしい。

それは二〇〇五年夏。在英日本国大使館に女王陛下からバッキンガム宮殿へのお招きの連絡が来た。お話が来たときは、ほんとうに「えっ」といったあと、しばらく言葉が続かなかった。おうかがいするとお返事したものの、何を着たらよいのか、帽子や手袋はどうするのか、何のお話をしたらよいのか、さっぱりわからない。そもそも周りに女王陛下にお会いしてお話をした人など数えるほどしかおられないし、一対一でご対面のケースなどほぼ皆無。不安でいっぱいのまま、その日を迎えた。

日本大使館の方が黒塗りの車で迎えにきてくださる。公務のときに着るようなきちんとした服があればよかったのだが、英国にはあいにくふさわしいものをもっていっていなかった。大使館を通じて女王陛下がどのようなものをお召しになるのかをうかがい、もっていたもののなかでは最良と思われる茶色地に花柄のワンピースでうかがうことにした。車は宮殿を囲む公園を進む。すると、眼前に真っ白なバッキンガム宮殿がみえてくる。門の前はいつものように観光客でひしめき合っているようだ。門が大きく開く。観光客の人たちの「誰？　誰？」という視線が痛い。そして、宮殿の門を車でくぐったところまでは覚えているのだが、そこからは緊張しすぎていたせいか、少々記憶があいまいである。宮殿のなかは素晴らしく見事な内装だったのだと思うが、ほとんど記憶に残っていない。誘導の方の後ろについて宮殿を進むと、エレベーターに乗せられた。エレベーターを降りると、大量のコーギー（女王陛下の飼い犬たち）がお出迎え。犬たちとともに待っていてくださったのが、ジェシカのお知り合いの側近の方である。その方に連れられて、とうとう女王陛下がお待ちの一室に通された。

大きな窓からお庭を望む明るい室内。足元を走り回っている犬たち。そして目の前に立っておられる女王陛下。何から何まで現実味がなく、しばらく茫然《ぼうぜん》としてしまった。微動だにできない私を、現実に引き戻してくださったのは女王陛下だった。にこやかに手を差し出して握手を求めてくださり、ソファーへといざなってくださったのだ。

ちょっと背の低いふかふかのソファー。英国らしい家具だなぁなどと思っていると、ほどなく給仕の人が現れた。女王陛下の隣のテーブルにティーセットとお菓子の載った銀のお皿が置かれる。お茶をカップに注いでくれるのかと思ったら、なんとそのまま下がっていってしまった。大きな部屋に残されたのは、女王陛下と私、そして走り回るコーギー。さあ、どうしたものか。はたしてこのお茶を準備するのは誰の役目なのだろう。当然ながら私のほうが立場は下である。でもここでは、いちおう女王陛下がホストで私がゲストと

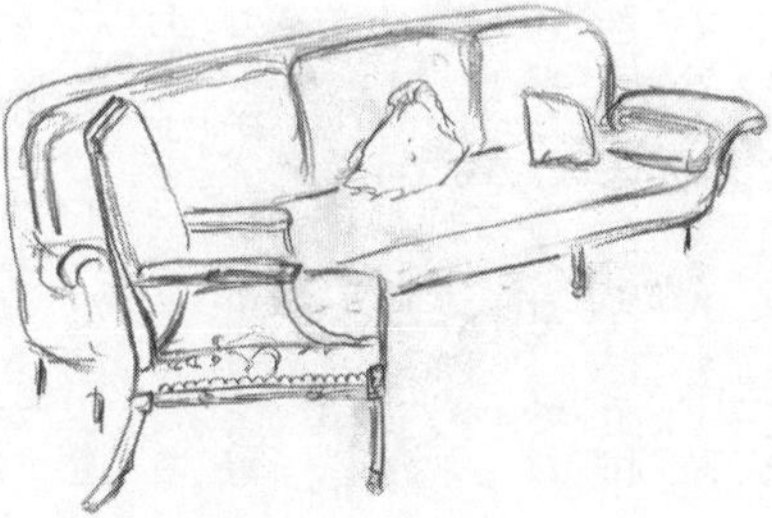

いうことになるのだろう。ティーポットに手を出すべきか、出さざるべきか。「日本だと給仕の人がお茶の入ったカップをもってきてくれるのに！」などと逡巡していると、女王陛下がさっとお茶を入れてくださり、お菓子を勧めてくださった。たいへん失礼ながら、お茶をお入れくださったそのお姿が、私の祖母と重なり、少しだけ緊張がほぐれた。

約一時間に及ぶ女王陛下と二人きりのアフタヌーン・ティー。何をお話ししたかはぼんやりとした記憶しかない。でも、女王陛下がほんとうにお話し上手で、緊張している私のためにいろいろな楽しいお話をしてくださったこと、そしてお孫さまのウィリアム王子やヘンリー王子のお話をなさるときは、ほんとうに柔和なおばあちゃまのお顔になられることがとても印象に残っている。そうして、時間が来ると扉をノックされ、来たときと同じ車に乗ってバッキンガム宮殿をあとにした。

このときの記憶はほんとうにあいまいなのだが、女王陛下にお話ししたことで一つだけはっきりと覚えていることがある。私が大英博物館の日本美術コレクションの研究をしているという話題から、英国王室の美術コレクションの歴史などの話題になった。たまたまその日は、馬の絵で有名な十八世紀の画家ジョージ・スタッブスの展覧会のオープニングの翌日だった。展覧会に女王陛下がご自身のコレクションを貸し出されたので、オープニングにお出かけになられたことをお話ししてくださった。その話の流れで、大英博物館では私の指導教授のティムが担当した、上方《かみがた》歌舞伎の役者絵の展覧会のオープニングがあったことをお話しした。私は何の気なしに、(いま思うと大胆不敵以外の何ものでもないが)「大英博物館でもとてもよい日本美術の展覧会が始まったところなので、もしご興味がおありでしたらぜひお出かけくださ い」と申しあげた。すると女王陛下は「時間があったら行くことにしましょう」といってくださったのである。

翌日のこと。いつものように大英博物館でティムと話をしていた。「とてもよい展覧会のレビューが新聞に載ってね」と、珍しくとても嬉しそうにしていた。私も嬉しくなって、「そういえば昨日、女王陛下にお目にかかって、役者絵の展覧会がとてもよいので、とお勧めしてきました」と伝えた。すると嬉しそうだったティムの表情が固まり、しばしの沈黙。そして、急に目が飛び出るくらい大きく見開きながら、「なんだって！　女王陛下をお誘いした⁉」といったあと、絶句した。ティムはその後しばらく「I can't believe it.」「I can't believe it.」と、ずーっとぶつぶつ呪文《じゅもん》のように唱えていたのだった。

シャイで物静かなティム・クラークがあそこまで動揺した姿をみたのは、あとにも先にもこのとき一度だけである。日本人にとっての天皇陛下がそうであるように、英国人にとっての女王陛下とは大きな存在なのだとあらためて実感した思い出である。

8

危機一髪

危機一髪（ききいっぱつ）
ほんのわずかでも間違えば非常な危険や困難に陥るかどうかの、きわめて危うい瀬戸際をいう。「一髪」は一本の髪の毛の意味。

英国の電車の思い出あれこれ

日本だと必ず側衛《そくえい》が付き、一人で旅行に行くことなど皆無の私だが、留学中はたびたび一人で旅行をした。といっても、やはり長年の「人と一緒に行動するのが当たり前」という習慣のせいで、一人旅はいまだにちょっと苦手だ。基本的には友達と一緒に行く。一人で電車や飛行機に乗って出かけたとしても、旅先で友達に合流するのがいつものパターンである。

英国国内の移動は基本的に電車を使う。車の免許はもっているけれど、ペーパードライバーなので運転は恐ろしい。日本で最近注目を集めている格安航空会社が群雄割拠《ぐんゆうかっきょ》する英国といえども、そういった飛行機は辺鄙《へんぴ》な場所にある空港を利用しているので、そこまでの移動が面倒。消去法で残るのはやはり電車なのである。

英国の電車のよいところといえば、長距離になればなるほど割安になること。割引制度が充実していて、二週間以上前に買えばチケットは半額以下になる。でも、もちろんそこは英国のことなので、よいことばかりではない。英国の電車はよく遅れ、よく止まり、時刻表の存在を疑いたくなるほどに予定を守らない。

日本では一分電車が遅れただけでお詫《わ》びのアナウンスが入る。でも英国では三十分遅れなどいいほうで、「遅れて申し訳ありません」の言葉を聞かなくても不思議ではない。乗客にとっても日常茶飯事《さはんじ》なので、遅れてもまったく動じずに座っている人のほうが多い。いきなり電車がキャンセルになることもしばしばで、キャンセルしたからといって振り替えの電車が出るわけでもない。その理由はさまざまだが、たとえば冬場になるととくに増える理由は「運転手が風邪《かぜ》をひいたため電車は出ません」というもの。日本ではまずありえないこの理由を初めて聞いたときは、文字どおり啞然《あぜん》としてしまった。つねにこのような状況なので、電車を乗り継ぐときも、日本のように十分以内の乗り換え時間などはリスクが大きすぎる。乗り継ぐ電車を予約するときは、三十分以上の余裕をもって選ぶことが普通の話なのである。

このように少し残念な英国の電車事情だが、慣れというのは怖いもので、いつのころからか遅れて怒るよりも、時間どおりに着いたことに驚いてしまうようになった。以前、ＪＲに勤めていて自分の勤務以外の電車の遅れも気になるという友人にこの話をしたところ、「僕は英国に行ったら発狂するかもしれない」といっていた。予定どおりの運行のために日々努力をされている日本の鉄道会社の素晴らしさは、英国に行くとほんとうによくわかるのである。

私が初めて英国の電車に乗ったのは、二〇〇一年の九月にオックスフォードからスコットランドの首都であるエディンバラに旅行に行ったときのことだった。予定どおりいけば四時間半ぐらいの電車の旅。初めての英国国内での旅行でうきうきわくわくだった。でも二時間ほど進んだあと、ダラムかニューカッスルのあたりで停車、そのまま三時間も電車のなかで待たされる羽目になったのである。いちおうアナウンスされた理由は、たしか一度目が「線路の上に異物を発見しました」。その三十分後に「信号機が故障しました」。そしてまたその一時間後くらいに最初の二つとは違う理由が告げられた。

ようやくエディンバラに到着したときはすっかり日が暮れていて、その日に行こうと思っていたところには、もちろんどこへも行けなかった。これが初の「英国の電車」での経験だったので、いまだにテレビ番組の『世界の車窓から』で英国の電車がとりあげられていたりすると、「現実は違うよ」とつぶやいてみたりする。もちろん、『世界の車窓から』の車窓からの景色に嘘はないのだけれど。自慢ではないが、私が旅をするとたいてい何かしらの事件が起こる。事件を引き寄せる体質なのかと思うくらいに話題には事欠かないのである。この章では私が英国滞在中に体験したさまざまな旅の思い出についてお話ししたい。

幽霊列車（？）に乗る

あれは、二〇〇四年の秋のことだったと思う。イングランド北部のリーズという町で日本美術関係のシンポジウムがあり、たまたま英国を訪れられていた日英米の日本美術の大家《たいか》の先生方とロンドンへ戻る電車のなかでのことである。

その日はたしか日曜日。サッカーの試合があり、熱狂的なサポーターを擁《よう》する地元のリーズ・ユナイテッドが勝ったということで、歓喜に沸《わ》くサポーターたちが大挙して電車に乗り込んできた。赤ら顔の酔っぱらいが大勢でチームの応援歌を歌ったり、窓ガラスを叩いたりと、最初から車内はかなり騒がしかった。しばらくたつと、突然車内のスピーカーから、わめき声が全車両に響き渡った。サポーターのうちの何人かが車内放送のアナウンスシステムをジャックしたらしい。たんに「リーズ最高！」とかそういった趣旨のことをいっていたのだと思うが、綺麗な言葉ではなかったし、聞いているほうは不快でしかない。車掌さんたちは前へ後ろへと走り回っているものの、実行犯の場所をなかなか特定できない様子。一駅か二駅それを聞かされつづけたところで、頑強な鉄道警察の人たちが何人か電車に乗り込んできた。そして、しばらくするとようやく静かになった。おそらく逮捕されたのだろう。残りの道中は静かなものだったが、一同すっかり疲れ果ててしまったのだった。

フーリガンの国とはいえ、同乗していた英国人の先生にとってもここまでひどいのは初めてのことだったらしい。お怒りになった先生が、後日「こんな非常識な事件は初めてだ」と、鉄道会社に抗議の手紙を書いたところ、全員分の運賃全額が返ってきたそうだ（安いチケットで乗った私には返ってこなかったけれど）。いまでもあのときのメンバーと、「リーズ」の名前が出ると毎回話題になる事件である。

電車といえば、こんな話もある。友人のみーちゃんと初めてノリッチという町に行ったときのこと。前もって説明をしておくと、ロンドン―ノリッチ間の鉄道路線というのはすこぶる評判が悪い。よく遅れ、よく止まる。何年か前にこの路線で電車のパンタグラフが上に走っている電線を切ってしまうという事故があった。復旧作業のため、数日のあいだ電車は片側通行になるとお知らせがあったが、その数日間の突貫工事の途中、作業員が足場から転落、作業がストップして工事は遅延。すると今度は片側通行していた列車が脱線と、一カ月近く通常運行のダイヤが組めなかったのである。このように悪名高きノリッチ路線。そこでは毎回何かが起こるのだ。

そのときは、ノリッチにあるセインズベリー日本藝術研究所で講演会があり、初めてだったこともあって余裕をもってロンドンを出発した。そのときは私もみーちゃんもとても疲れていて、電車のなかで二人、ぐっすりと眠り込んでしまった。イプスウィッチという途中の駅で長い時間停車していたが、眠かったこともあり、「英国の電車」なのでとくに気にも留めていなかった。そして、かなり時

間がたってようやく電車がガタゴトと動きはじめた。でも何かが違う。いままで進んでいた方向と逆方向に電車が進んでいるのである。少し不思議には思ったものの、日本でも一回ちょっと戻って方向転換する例などがあるし、なにしろ「英国の電車」だからと呑気《のんき》に構えていた。

もうしばらくして、やはり様子がおかしいことに気づいた。どう考えても元来《もと》た線路を戻っているとしか思えない。周りを見回してみると、私たちのほかに乗客は誰もいないし、車内の照明もすべて消えている。そして、電車は徐々にスピードを上げ、野原を爆走しているのだ。

これでみたことのない動物や体が透けてみえる体調の悪そうな人が乗っていたら、さながらトトロやハリー・ポッターの一場面のようで愉快かもしれないが、当事者としては状況がうまく把握できず、だんだん恐ろしくなってきた。まさに幽霊列車そのものである。みーちゃんが列車のいちばん後ろにある車掌室まで行って、ドアをノックしたが応答はない。車掌さんまでいないようだ。その間も刻一刻と光を失っていく夕闇のなか、電車はものすごいスピードで疾走《しっそう》していく。

とりあえず電車は走っているから運転手さんはいるだろうと、半べそをかきながら、今度は先頭の車両まで行き、運転室のドアを力いっぱいノックした。「ドンドン！」。それでも応答はない。これで運転手さんまでいなかったら、もうおしまいである。日本のプリンセスが異国で神隠しにあうという大事件になってしまう。誰かいますようにと心のなかで祈りながら必死でノックを続けた。「ドンドン！　ドンドン！」「ドンドン！　ドンドン！」。

すると、それまでは猛スピードで走っていた電車がゆっくりと速度を落としはじめた。そして、駅でもなんでもない原っぱのど真ん中で「ガタン」と停車したのである。一瞬の静寂がおとずれたあと、「ガチャ」と運転席のドアが開き、その隙間《すきま》から運転手さんの怪訝《けげん》そうな顔が「にゅっ」と出てきた。「あぁ、よかった」。なによりも「人間」が運転していたことに胸をなでおろす二人、面倒くさそうな顔をこちらに向ける運転手さん。

運転手さんによると、機械の故障があったのでその電車は車庫に戻る途中で、乗客は全員イプスウィッチで降りてもらったという。私たちが眠り込んでしまっていたのと、車掌さんが外側からチェックしただけだったとかで、どうやら見逃されてしまったらしい。それにしても機械の故障といいながら、電車はすごく順調にいまのいままで薄暗がりを爆走していたのだけれど……。

もうイプスウィッチには戻れないというので、仕方なくいちばん近くの駅まで乗せてもらい、その駅から別の電車に乗ってノリッチに無事たどり着くことができた。電車に乗っているときは必死でそれどころではなかったが、ホテルに着いてほっとひと息ついたら、二人ともなんだかものすごい経験をしてしまったことに笑いが止まらなくなり、お腹《なか》が痛くなるくらい笑い転げた。

研究所に到着してからいろいろな人たちに笑い話として話したところ、みな一様に「日本だったらとんでもないことになっていたね」と真剣な眼差《まなざ》しでいわれてしまった。よく考えてみれば、「彬子女王殿下、寝過ごしてJRの車庫で発見!!」なんて、日本だったら大きなニュースになったに違いない。そのうえ、日本なら側衛がそのせいで処分されるということもなきにしもあらず（もちろん側衛も一緒に寝込んでしまうなんてことはありえないけれど）。そう考えてみると、「英国の電車」でよかったとあらためて思うのだ。

9

多事多難

多事多難（たじたなん）

事件や困難が立て続けに起こること。平穏無事の反対。「事」は事件・出来事、「難」は困難・苦難の意味。

パスポートは茶色

皇族は「日本国民」ではない。戸籍や住民票はないし、国民健康保険には加入させてもらえない。だから海外旅行をするときに発行されるパスポートも、普通の赤や紺の表紙のものではない。表紙に「外交旅券」と書いてある茶色のパスポートで、外交官がもつものと同じである。外交官は個人旅行用の普通の旅券と、仕事用の外交旅券の二冊をもっているそうだが、私はこの外交旅券一冊だけ。そして、海外渡航の際には基本的に一回限りしか使えないものを渡される。つまり、普段は海外旅行をするたびに新しいパスポートを発行してもらわなければならないのである。でも留学中はいつ英国から外に出るかわからない。そういうわけで、留学期間中有効で、どの国にも渡航可能な外交旅券をつくってもらっていた。

さて、空港でチェックインするときにこの茶色いパスポートを出すと、大きく分けて三通りの対応をされる。まったく意に介しない人、気づいてパスポートと私の顔を見比べて「にやっ」とする人、このパスポートが何かわからず解明しようとする人である。

オランダのライデン大学で開催される考古学のワークショップに出席するために、ロンドン郊外のスタンステッド空港でチェックインをしたときのこと。一緒に行った日本の友人たちは赤や紺のパスポートでスムーズにチェックインが終わる。でも私のパスポートはなかなか通らない。担当のおばさんが、茶色のそれをひっくり返したり、赤い光に当ててみたり、パソコンに何やら打ち込んでみたり。ついには同僚を呼んでこそこそ相談している。どうやら外交旅券をみたことがない様子。格安航空会社がメインの空港なので、外交官が乗り降りするようなことはほとんどないのかもしれない。さんざん待たされた挙句《あげく》、「何の問題もないと思うけど、ちょっと待っていて」といい残し、私のパスポートをもって奥に消えていった。五分後、涼しい顔で戻ってきて椅子に座るおばさん。そして私の目をみつめてひと言、「あなたほんとうにプリンセスなの？」。「そうですけど……」と答えると、「まあ、光栄ですわ！」とカーティシー（軽く膝《ひざ》を曲げてするお辞儀）をしながらチケットを発行してくれた。

こちらは「このまま飛行機に乗り込めなかったらどうしよう」とどきどきしていたのに呑気《のんき》なものである。そして、隣で一部始終をみていた友人の一人は「ほんとうにああいうお辞儀をするんだね」となんだか楽しそうだった。

そのほかにも、このようなことがあった。たしかドイツからロンドン郊外の空港に戻ったときの入国審査場のことである。パスポートのスタンプを押すページの端が二センチほど破り取られていることを詰問された（偽造パスポートをつくろうとする人がページの一部を破り取ることがあるからだそうだ）。「以前アメリカを出国する際、ホッチキスで留められていたビザを取るときに破れたのだと思います」と答えたが、まだ何やらぶつぶついっている。

眉間《みけん》にしわを寄せたおばさんが次にした質問は、「ところで、なんであなた外交旅券もってるわけ？」である。返答に困ったが、「日本のプリンセスだから？」と正直に答えてみた。するとそのおばさん、三秒ぐらいの沈黙ののち

「Oh……」とつぶやいた。そしていつも入国のときにされるような、「どこの学校に行っているんだ」とか、「何を勉強しているのか」という質問はなく、「無知でごめんなさいね」といいながら、おずおずとスタンプを押してくれた。

英語で名前が書いてあるのだから、わかってくれてもよさそうなものである。でもよくよく考えてみると、日本からの往復のときなどは大使館の方たちが対応してくださるが、留学中のプライベートな旅行は私一人で移動する。スーツ姿の大使館の方たちを引き連れて、上品な帽子でもかぶっていたら別なのだろうが、スーツケースを自分で運び、ジーンズにセーター姿で目の前に立っている女の子が、まさか本物のプリンセスだとは思えなかったのだろう。

格安航空券の落とし穴

ヨーロッパを移動するときは時間や費用の問題から、ときに格安で有名な航空会社を使うこともあった。ドイツのハイデルベルグで研究会があり、英国から出かけたときのこと。行き先はフランクフルト空港で、調べるととても安いチケットがあったので、これは良いと予約をした。出発当日、眠い目をこすりながら、朝五時くらいにオックスフォードを出発して飛行機に乗った。空港を飛び立って二時間ほどすると、目的地が近づいたとのことで飛行機が高度を下げはじめる。でも、大都会フランクフルトの空港に着くはずなのに、眼下にみえる景色はただの野原。建物らしきものが何もない。もしかして間違ったチケットを買ってしまったのかと、とてつもない不安感に襲われて一気に目が覚めた。しかし、残念ながら私の不安が裏切られることはなく、その機体は私の知っているフランクフルト国際空港ではなく、野原の真ん中にぽつんとある空港に意気揚々と着陸してしまったのである。

入国審査を終えて外に出てみても、その小さな空港にあったのはホットドッグを売っているスタンドとレンタカー屋さんだけ。「ここはほんとうにフランクフルトなのだろうか」「もしかしてドイツにはもう一つフランクフルトという町があったのかも……」と、考えはどんどん悪いほうへ。悩んでいても仕方がないので、一念発起《いちねんほっき》してインフォメーションで「ここはほんとうにフランクフルト空港ですか？」と聞いてみた。すると、ここはたしかにフランクフルトだが、フランクフルト国際空港ではなく、フランクフルト・ハーン空港で、陸軍の基地が民間に払い下げられてできた空港であると教えられた。

とりあえず最悪の事態は避けられた。そして数時間に一本しかないバスを待つのに二時間ほどかかったので、予定時間より到着は遅れたけれど、目的地のハイデルベルグ大学にその日のうちにたどり着くことはできた。到着後にドイツ人の友人に「フランクフルト・ハーン空港に行っちゃった」と話したら、「えっ、ハーン？　あそこをフランクフルトと呼んだらだめだよね」といわれてしまったのだった。

そういうわけで、自分の予約した格安航空券は危ないと気づいた私。帰りはいくつかの町の日本美術コレクションを調査してハンブルグから帰る予定にしていた。そこで、フランクフルトと同じ轍《てつ》を踏んではいけないと、ハンブルグにはいくつ空港があるかと友人に聞いてみた。すると「ハンブルグに空港は一つだけで、市内から車で二十分もあれば着きますよ」とのこと。そんなに近いのだったらと、長旅で荷物も大きいので帰国の日はタクシーを使うことにした。

帰国当日、スーツケースをトランクに積みながら、運転手さんに空港までの時間と料金を尋ねる。「二十分くらいで三〇ユーロ」というので、妥当だろうと思い車に乗り込む。でも運転手さんは英語があまりできないので、きちんと伝わっているか少し不安になった。念のため、プリントアウトしておいた飛行機のEチケットをみせて、そこに書いてある文字を指さしながら、「ハンブルグ・ルーベック空港にお願いします」と頼んだ。するとそれまで笑顔だったその運転手さんが、運転席から怪訝《けげん》な顔をして振り向き、「ハンブルグ空港に行きたいのか？それともルーベック空港に行きたいのか？」というのである。「え、ハンブルグ・ルーベック空港に行きたいんですけど」というと、「ハンブルグにルーベック空港はない。ルーベックは隣の市だから、ルーベック空港に行くんだったら一時間くらいで一〇九ユーロだ」といわれてしまった。

混乱する頭を整理してとりあえず出た答えは、「おそらくルーベックがあとに来るということは、ハンブルグ空港ではなく、ルーベック空港なのだろう」ということ。ほかにルーベック空港に行く手段はないかと聞くと、「電車はない。バスはあるかもしれないけど、どこから出るのかは知らない」という。すでに時刻は飛行機の出発時間の約一時間半前。私にはそのままタクシーに乗ってルーベック空港に向かうという選択肢しか残されていなかった。

追い詰められて、「じゃあ、ルーベック空港でお願いします」といってはみたものの、最初はいんちきタクシーにだまされたのではないかと思ったりもした。しかし、数分車を走らせると標識にルーベック空港の文字。とりあえず選択肢が間違っていなかったことへの安堵《あんど》感と、「ああ、やっぱりそうだったのか」というがっかり感がないまぜとなり、思いは複雑。まさか、ハンブルグ・ルーベック空港がハンブルグ（にそこそこ近い）ルーベック空港のことだったとは、とんだ落とし穴である。

しばらくすると車はアウトバーンに入る。ふと外をみると、車窓からの景色がすごいスピードで流れてゆく。いままでみたことのない速さだったので、恐る恐るメーターを確かめると、その針がさすのはなんと時速一八〇キロメートル。思わず目まい。車はベンツだったし、運転手さんもプロなのでそう簡単に事故は起こらないだろうと、頭のなかで理解はできる。でも、「彬子女王、格安飛行機に乗るための空港への道中で交通事故」という新聞の見出しだけは避けたい。空港までとにかく無事に着きますようにと祈ったのだった。

運転手さんが急いでくれたからであろう、七十分かかるといわれていた空港に四十分くらいで到着した。それまでかなり節約して旅をしていたので、百ユーロ札が手元から消えていく瞬間のあの切なかった気持ちはいまも忘れることができない。長距離の客に運よく出会えた運転手さんはにこにこして帰っていく。そして、その後すぐにハンブルグからのバスがたった五ユーロだと知ることになり、なんともやりきれない気持ちになったのだった。

こうして、どうにかたどり着いたルーベック空港。国際空港なのにプレハブ造りである。床は工事現場の足場のような鉋《かんな》のかかっていない板張り、お手洗いは簡易トイレ、出国審査官と思《おぼ》しき人はみすぼらしいガラスの箱のようなものに窮屈そうに入っている。茶色のパスポートはとくに問題もなくスタンプを押され、国際線の待合室に移動。すると、ロンドン行きの飛行機のゲートにはでかでかと「リーズ行き」と書いてある。また違うところに連れていかれたらたいへんと、近くに座っていた人のチケットをちらっとみると、みなロンドン行きと書いてあったのでとりあえずほっとした。

それからあとは何ごともなく無事、英国に帰り着くことができた。安いのには理由があると思い知らされた旅だった。ヨーロッパ圏では英語は通じるし、事前にきちんと行き方を調べなくなったのがこの事件の原因なのは確かである。慣れというのは怖いものだ。これ以降、ヨーロッパを格安航空機で旅をするという友人には、事前に空港がどこにあるかを確かめるようにとアドバイスすることにしている。みなさんもくれぐれもご注意を。

10

奇貨可居

奇貨可居（きかおくべし）

よい機会は逃さずに、うまく利用しなければならないことのたとえ。『史記・呂不韋伝《りょふい》』が載せる故事に基づく。「奇貨」とは珍しい品物のこと。時を待てば値上がりするかもしれないから、いま手元におくべきだという意味。

再び英国へ

一度目の留学の期限は一年間だった。実際に過ごしてみてわかったが、一年間の留学生活というのはほんとうにあっという間《ま》である。英語を話すことにもようやく慣れて、「ペースをつかみかけてきたかな……」というところで終わってしまった。留学当初に比べれば英語は上達していたとは思うけれど、だからといって自信をもって「英語が話せます」といえるレベルではなかったと思う。英語でのエッセイの書き方も、ディスカッションの仕方も、史料の調べ方も、友達付き合いも、あともう一歩踏み込むところまでは届かなかったというのが実感だった。

ビジティング・スチューデント（聴講生）だった私は、ほかの同級生たちが必死に取り組んでいた試験も受けなくてよかった。それはある意味気楽でもあったのだけれど、オックスフォードの学生ならば普通は経験しなければならない苦しみを知らないのに、「オックスフォードに留学してきました」というのは、努力している同級生たちに対してなんだか申し訳ない気持ちになったのである。このままではすべてが中途半端で、不完全燃焼のまま終わってしまう気がした。新しい研究テーマについての興味もむくむくと膨らんできていた時期だったし、どうしてももう一度オックスフォードに戻り、正規の学生と同じように苦労をして、大学院できちんと学位を取りたいという思いが強くなっていったのである。

ジェシカとティムからは、大学院生として受け入れていただくという了承を得ることはできた。しかし、次に待ち構えるのはいちばん高い壁。そう、父である。

皆さまのイメージどおりだと思うが、厳しい方である。曲がったことが大嫌いで、道を外《はず》れたり、筋が通らないことをしたりすると烈火のごとく怒られる。でも一見難しいだろうなと思われることであっても、きちんと筋道を立てて説明し、自分がそれをすることにどのような意味があるのかという理由が納得できるものであれば、最大限のサポートをしてくださる。それは、娘であっても、職員であっても、友人知人であっても変わらない。

子どものころから、私は父に何かお願いごとや相談したいことがあるときは、いつもあらんかぎりの理論武装をしていく。困ったことがあるときは、自分が思いつく解決策をすべて試してみて、どうしようもなかった場合だけ父に助けを求める。「なんで俺に早くいわないんだ！」と怒られることもあるが、私がひとり努力して解決しようとしたことは評価してくださる。説得したいことがあるときは、いわゆる「外堀を埋める」作業をする。環境を整え、周りの人たちの理解を得て、父さえ了解されればすべてＯＫという状況ができあがってから話をする。もちろん、父のご機嫌がよさそうなときを見計らってである。すると、十中八九「おまえがこういう話をしてくるっていうことは、もう決めてるんだろ」と苦笑いをしながら了解してくださるのである。

前にも書いたが、私がオックスフォードに留学すること自体は父の計画どおりであった。しかし、二度目の留学となると少し話は違ってくる。なぜ、もう一度留学したいのか。その留学をするにはどのような手続きが必要で、どれくらいの費用と期間がかかるのか。研究テーマはどうするのか。なぜその研究テーマを選んだかなど、考えられるかぎりの想定問答を頭のなかで繰り返し、一念発起《いちねんほっき》して帰国の直前に父に国際電話をかけた。

一度目の留学中、父に電話をかけたのは覚えているかぎり、たしか二回。一度目は、父に買っていただいた自転車が盗まれてしまい、新しい自転車を買ってもよいかというお願いのためだった。私がめったに電話をかけないこともあり、電話口に出てこられた父は「何ごとだ！」とものすごく焦《あせ》っていらしたのをよく覚えている。私にとっては大きな買い物だったので、きちんとおうかがいを立てなければと思ったのだが、父にとっては大したことのない案件だったようで、「そんなのわざわざ俺に聞かなくてもいいから、とっとと買っちまえ」といわれてあっさり電話を切られた。そして二度目が再留学のお願い。今度は間違いなく重要な案件のはずである。

たしか夕食が終わったくらいの時間。「もしもし」と電話口に出てこられた父の声からは、ご機嫌がよいか悪いかの判断はしかねる感じであった。でも、もうあとには引けない。とりあえず単刀直入に、ひと通り考えていたかぎりの「もう一度留学がしたい理由」の説明をした。一瞬の沈黙のあと、ドキドキしていた私の耳に聞こえてきた父の返答は「いいんじゃない」だった。予想外にすんなり出たOKに拍子抜け。あれだけ反対された場合のシミュレーションを頭のなかでしていたのに、まったく何の役にも立たなかった。ＯＫをいただいて嬉しいのに、その実感がわかなくてぼんやりしてしまった。なんだかあわあわしながら「畏《おそ》れ入ります」と申し上げたことを覚えている。こうして二度目の電話もあっさり終了したのである。

しかし、あっさりとはいっても、さすがに自転車を買うように簡単な話ではない。おおむねの主旨はＯＫだが、細かい部分はもう一度手紙で送ること、どのような計画で何年の予定かなども示すようにいわれた。ただ、あとから話を聞いたところによると、父ご自身が二年間ご留学されていたこともあり、もともと一年間では慣れてきたところで終わりだろうなと思っておられたそうだ。だから私が「一年では短すぎる」といい出すことはなんとなく予想しておられたらしい。

ともあれ、大きな壁をクリアしたことにほっとひと安心。「日本の大学を卒業して、二年後にまた戻ってくるから」と友人たちに伝え、オックスフォードをあとにしたのだった。

入学許可に必要なもの

さて、「二年後に戻る」とはいってみたものの、学習院大学を卒業し、オックスフォード大学への入学許可が得られなければ何も始まらない。帰国後、大学での単位取得が大変だった話は前に少し触れたので、ここではオックスフォード大学から入学許可をいただくまでの話を少し書き留めておくことにしたい。

大学院入学のために必要な書類は、入学願書、ライティング・サンプル（一五〇〇〇語程度の小論文）三本、英語の能力試験の証明書、推薦状三通、であったと思う。揃えなければならないもののリストを目の前にして、「あぁ、これは大変なことを始めてしまったのかもしれない……」と背筋が冷たくなったのを覚えている。

最初の課題は、なんといっても英語能力の向上であった。以前のように、なんとなくレクチャーに座っているだけというわけにはいかない。今度はなんといっても学位を取得しなければならないのである。帰国直後から英語学校に通いはじめ、週に二〜三回は大学帰りに英語の授業を受けることになった。その内容もいわゆる「英会話」というよりも、英文ライティングや、英語の能力試験の対策クラスなどが中心だった。大学での授業、学習院大学史学科伝統の手書きの卒論執筆(原稿用紙一〇〇枚以上!)、日に日に厳しくなっていく英語学校の授業と宿題……と、すべてを同時進行で進めていかなければならず、当時の私はほんとうに目が三角になっていたような気がする。でも、自分で選んだ道であり、誰の力も借りられないことなのだから仕方がない。

なかでもいちばん苦しかったのは英語能力試験の準備だった。その試験の名前はIELTS《アイエルツ》といい、英国の英語能力検定試験で、アメリカでいうTOEFL《トーフル》のようなものである。リーディングやリスニングはもとより、ライティングとスピーキングの試験まである。大学院入学のためには、すべての項目がある程度のレベルに達しているとの結果を得なければいけないのである。

私は中・高等科時代から、どうも「ヤマをかける」的な勉強法が苦手である。ヤマが外れたときのリスクが怖いので、ひと通り全部やっておかないと落ち着かない。「絶対こんな問題は出ない」と確信があっても、繰り返し覚えてしまうのである。とてもよくいえば「完璧主義」、悪くいえば「要領が悪い」タイプ。何がいいたいかというと、試験で点数を稼ぐための勉強法が私はどうも好きになれないのである。

英語の能力試験の対策クラスなんて、当然のことながらどれだけ速く問題を読み、ポイントを押さえ、答えを導き出すかということを叩き込まれる。問題の読解能力を高めるというよりも、点数を上げるためのテクニックをひたすら教えられる。でも、たとえばリーディングだと、自分の興味のある分野の文章だと無駄なところまで読み込んでしまい、興味のない分野だと途端にモチベーションが下がる。典型的な要領の悪い生徒であった。だから、このクラスの授業を受けるのも試験勉強も実際の試験も、ほんとうに辛《つら》かった。しかし、ここを通過しなければオックスフォード大学入学の道は開けないと、七転八倒《しちてんばっとう》しながらもどうにか合格点までこぎ着けたのだった。

その他の書類は地道に揃えていった。ライティングのサンプルは、一回目の留学中に書いた小論文を手直ししたものと、新しく書いたものを準備した。三通の推薦状は、学習院でお世話になっている史学科と哲学科のゼミの指導教授三人にお願いして書いていただいた。中身をみせてくださった先生とみせてくださらなかった先生がおられたが、みせていただいた文章は「私のことをほんとうによくみてくださっていたんだ」と胸が熱くなった。願書は間違いがあっては大変と、辞書を引きながら欄を埋め、何度も何度も見直して、最後にサインをした。

書類一式が目の前に揃ったときは、嬉しさ半分、不安半分といった感じだったと思う。ドキドキしながら封筒に詰め、封をして投函したときはとにかくほっとした。それからは卒論のほうにかかりっきりになって、願書のことなど忘れかけていた数カ月後のある日、オックスフォード大学から封筒が届いた。緊張しながら封を開けると、目に飛び込んできたのは「オックスフォード大学に入学を認める」という一文だった。嬉しいというよりは、夢がほんとうに実現したのだと、信じられない思いが先に立ってしまった。ようやく実感がわいてきて、書類をひらひらさせながら父に報告。すると、「あぁ、そう」とまるでそれが当然であるかのような気のないひと言。この父娘のオックスフォード大学留学に対する想いの差はいったい何なのかと一抹《いちまつ》の不安は抱きつつも、無事再留学の準備は整ったのである。

11

五角六張

五角六張（ごかくろくちょう）

五日に「角宿」にあい、六日に「張宿」にあうという意味。古代中国の天文学で「角宿」と「張宿」は星座運の悪い暦日とされ、物事がうまくいかないとされたことから、転じて何をやってもうまくいかない日、凶日のたとえ。

ヴァレンタインの思い出

皇族は海外旅行に出かける前、皇居内にある皇室の御祖神《みおやがみ》である天照大神《あまてらすおおみかみ》をお祀《まつ》りする賢所《かしこどころ》に参拝し、海外渡航のご報告と道中の安全をお祈りする。そして、帰国後も同様に、無事帰国した旨のご報告とお護《まも》りいただいたお礼を申し上げることとなっている。本来は古来皇室にとって特別なお社《やしろ》である伊勢の神宮に参拝するのが通例であったが、海外への渡航も頻繁になってきた昨今では、毎回伊勢までうかがうのは大変だということで、賢所に参拝することでそれに代えているのである。

しかし、今回は長期の海外留学という大きな節目である。私は一度目のときも二度目のときも、神宮と明治・大正・昭和天皇陵と皇后陵にそれぞれご報告のための参拝をさせていただいた。

神宮へ正式参拝するときに気をつけなければならないことに参拝服がある。神宮では長服《ながふく》も帽子も靴もハンドバッグも清浄な新しいものでなければならないとされている。とはいえ、毎回すべてを新調しなければいけないというわけではない。神宮参拝で身に着けるものは、新品、もしくは以前の神宮参拝で使用したものだけである。かつて神宮で用いたものを、賢所をはじめとするほかの神社の参拝のために「下ろす」ことはできても、逆は絶対に許されない。それだけ、神宮の正式参拝は皇族にとって特別な儀式なのである。

最初の留学のときは、父に「行ってこい！」といわれるがままに向かった伊勢だった。当時は私もまだ十九歳で、メディア露出もほとんどしていなかったころ。一般の参拝の方たちの「誰？」という言葉と視線を浴びながらの初めての正式参拝は、自分の皇族としての立場と、これから自分が行うことの責任の重さをあらためて感じさせてくれた。

そして迎えた二度目の留学。前回と同じように伊勢に向かう。でも、その心持ちは以前とは別ものである。聴講生として行っていた前回とは違い、この次に参拝させていただくときには絶対に学位を取っていなければならないのだ。東京から伊勢に向かう車中では、いいようのない緊張感に包まれていたのを覚えている。しかし、神宮に着き、玉砂利《たまじゃり》を踏みしめてご正宮《しょうぐう》に向かううち、杜《もり》の清らかな空気に包まれて、いつの間《ま》にか焦《あせ》る気持ちは凪《な》いでいた。これも神宮の不思議の力だろうか、「よいご報告ができるように頑張ってまいります」と大神様に申し上げて神宮をあとにしたのだった。

二度目の留学

二〇〇四年九月某日、オックスフォードに到着し、日本から付いてきてくれた側衛《そくえい》と別れる。こうして、前回とはちょっと違った緊張感とともに、私の二度目の「一人暮らし・イン・オックスフォード」が始まった。今度の寮は、コレッジの中ではなく、コレッジから歩いて七〜八分のところにあるマートンの大学院生専用の寮である。築年数は十年ほどの、オックスフォード基準でいえば新しい建物だ。私の部屋は共用のキッチンの隣にある快適なワンルームだった。備え付けられた大きな空《から》っぽの本棚と机からは、「さあ、頑張って勉強しなさいよ!」といわれているようだった。

オックスフォード大学に正式に入学した私に与えられたのは、Probationer Research Student（研究見習生）という身分である。試験に通って初めてM. Litt.という修士号かD. Phil.という博士号かに「挑戦できる権利」をもらえるという、文字どおり大学院生の見習という立場だ。大人数での講義があり、コースごとの課題が決まっていた学部時代とは生活はかなり異なる。私のコースは研究ベースのもので、学校に行かなければならないのは週に一度のジェシカのセミナーくらいのもの。あとはとにかく自分のペースで研究を進めなければならない。時間割的にはとても楽なのだが、「勉強しないとどうなるかわかりませんよ」というスタイルはかなりのプレッシャーなのである。

ジェシカのセミナーは、ジェシカのほかの学生さんたちと一緒である。七〜八人の学生のなかで、日本美術専攻なのは私だけで、ほかの皆はジェシカが専門とする中国美術や考古学が専門だった。セミナーではジェシカが選んでくる西洋美術の方法論などについて書かれた英語の論文や、中国考古学の最新の発掘調査記録などを読んでディスカッションをしたり、学生がそれぞれの研究の進捗状況を発表したりということが中心だった。

西洋美術がテーマの回はまだいいのだが、中国考古学の回はちんぷんかんぷんである。なにしろ私以外全員、中国語を解す人たちである。ホワイトボードに漢字で書いてくれたらわかるのだが、中国語の英語表記で話が進んでしまうと完全にアウト。中国歴代王朝の名前も、唐だったらわかるけれど、Tang といわれるとぴんとくるまでに時間がかかる。人の名前も Qin Shi Huang（秦始皇、秦の始皇帝のこと）では誰だかさっぱりわからない。話のポイントとなる単語がわからないので、隣に座っているクラスメイトに漢字表記を尋ね、納得したころにはもう議論は先に進んでいる。それでも飛び交う議論はとても刺激的だったし、間違っていてもいいからとにかく発言して、自分の意見をいうことの大切さを教わった。同じ立場にいるクラスメイトたちと論文の進捗状況を話して励まし合ったり、JR（ジェシカ・ローソン）の愚痴《ぐち》をいったりできるのもとても楽しかった。

何をやっても
うまくいかない日

このセミナーのほかに、私は学期中一週間に一度ロンドンに行き、大英博物館でティムにチュートリアルをしてもらっていた。チュートリアルの日は毎週月曜日。日帰りでその日のうちに帰ることもあったし、友人の家に一泊させてもらい、火曜日にロンドン大学SOAS（School of Oriental and African Studies の略）での日本美術関連のレクチャーに出席することもあった。

ティムのチュートリアルは、オックスフォードのシステムと同じように、ティムが前の週に課題を出してくれる。それに基づいてエッセイを書き、時間短縮のために前日までにティムにメールで送る。それを前もって読んでおいてもらい、大英博物館の日本ギャラリーに併設されているスタディ・ルームでチュートリアル。ティムが私の研究対象であるアンダーソン・コレクションの作品を、毎回一〜二点ずつ出してくれるので、その作品をみながらディスカッションをする。作品に用いられている技法についてであったり、作者についてであったり、その作品が制作されたときの市場の状況であったりと、毎週さまざまなテーマに取り組んだ。ティム・クラークは世界一忙しい日本美術の学芸員であるといわれている。その彼と二人きりで作品について語ることができるこの時間は、日本美術研究者にとっては垂涎《すいぜん》の贅沢《ぜいたく》なひとときなのである。

さて、そのティムとのチュートリアルで思い出に残る一回がある。忘れもしない二〇〇五年二月十四日のこと。人は誰しも、何をやってもうまくいかないという日がある。その日は私にとってまさにそれだった。

チュートリアルをするためにロンドンへ向かうバスのなかで、前もって送っていなければいけなかったはずのエッセイを送っていなかったことに気づいたのである。さっと血の気《け》が引く。そのままロンドンに向かってしまうという選択肢もないことはない。でも、自分の手元にはプリントアウトしたエッセイも、データが入ったパソコンもない。エッセイがなければチュートリアルができないし、わざわざ私のために多忙な時間を割《さ》いてくれているティムに申し訳ない。悩んだ末、オックスフォード市内最後のバス停で降りて、反対方向のバスに飛び乗った。厳しい冬の最中《さなか》を必死に走り、寮の自分の部屋までたどり着いて、持病の喘《ぜん》息《そく》の発作が出るのではないかと思うほどぜぃぜぃいいながらパソコンを開け、エッセイを送信。そして踵《きびす》を返してまたバス停へ。

もう予定の時刻には間に合わないので、ティムに遅れることを伝えなければならない。でも、今度はティムと連絡が取れないのである。当時はティムが携帯電話をもっていなかった時代。オフィスにずっといるわけではないし、オフィスの電話も忙しくないときでないと取ってくれないのは知っている。むなしく流れる応答メッセージに遅れる旨のメッセージを残した。

約束の時間に遅れること一時間余り。ようやく大英博物館にたどり着いた。息せき切ってオフィスに飛び込んで謝ると、メッセージを聞いたのか聞いていないのかわからないけれど、まったく普段と変わらない様子のティム。「じゃあ、行きましょうか」と、いつもどおりにスタディ・ルームに向かった。

チュートリアルが始まる。ティムは怒っているわけでもなんでもないのに、とにかく動揺しきっている私。ティムに質問された内容に全然答えられない。とんちんかんな答えを繰り返した挙句《あげく》、「今日は僕のいっていることが伝わらないね」と、あの穏やかなティム・クラークを呆《あき》れさせてしまったのだった。チュートリアルが終わり、どうしてこんなことになってしまったのだろうかと自己嫌悪に陥るほどに、一事が万事さんざんな一日だった。

その日はちょうど二月十四日。エッセイの送信は忘れていたのに、チョコレートはきちんと用意していた。お詫《わ》びの気持ちも込めて、帰り際にティムに「今日はヴァレンタインなので……」と用意していたものをプレゼントした。

そもそも、英国（ヨーロッパ全般でもそうだろうか）でのヴァレンタイン・デーは、女性が男性からお花やお菓子などをもらったり、男性が名前を書かずに好きな女性にカードを贈ったりする日である。恋人同士でプレゼントを交換し合ったりすることはあっても、女性から男性に何かあげるというのは一般的ではない。でも私は日本人だし、いつもお世話になっている先生に感謝の気持ちを示すのにはいい機会だと思ったので、日本スタイルにすることに決めていた。

難しい顔をしていて、普段からあまり感情を表に出さないティム。そのティムが、チョコレートを差し出した瞬間、いままでみたことのないような満面の笑顔で、

「日本では男の子が女の子からチョコレートをもらえるんだよね！　ありがとう！」

と、受け取ってくれた。あの笑顔をみた瞬間、自分の今日のすべての失敗が帳消しになった気分になり（きわめて自分本位の考え方であるが）、「あぁ、今日はロ

ンドンに出てきてほんとうによかった」と思った。あとで日本セクションの人に話を聞いたら、あの日はティムが「アキコからチョコレートをもらったよ」と、とても嬉しそうにオフィスに帰ってきたそうだ。日本のヴァレンタイン・デーの習慣に少しだけ感謝した一日だった。

12

一念通天

一念通天（いちねんつうてん）
固い決意を抱いて一心に取り組めば、誠意は必ず天に届き、物事を成し遂げることができるという意味。訓読は「いちねん、てんにつうず」。

宝探し in 大英博物館

大英博物館は年間約五八〇万人の来場者を誇る世界屈指の博物館である。世界中のあらゆる地域の文物が展示されており、特別展以外の入場は無料。世界中からのお客さまでいつも賑《にぎ》わっている。ティムとの毎週月曜日のチュートリアルも二年目を迎えたころのこと。「もう大英博物館の仕組みにも慣れただろうから」と、ティムは私を日本セクションのボランティア・スタッフにしてくれた。これ以降、私は自由に館内の史料調査をさせてもらえることになったのである。

ボランティアとはいえ、正式なスタッフになれば自分の好きな時間に出勤することができる。博物館に着くとまず職員証を首に下げる。従業員入り口から入って警備室でハウス・キーと呼ばれる鍵を受け取る。この鍵があれば何百もある大英博物館のドアの多くを開けることができるようになる、いわば魔法の鍵だ。逆にこれがなければ、自分のオフィスにも入れず、一人でお手洗いに行くこともできないという代物《しろもの》である。

ハウス・キーを使っていくつかのドアを通過し、階段を上がればそこにあるのが日本セクションである。まずティムのオフィスがある。ドアには日本語で「背負わせすぎ」と書かれたプレートが掲げられている。三万点以上の作品を一人で担当するティムへの激励のメッセージ（？）だと思う（私ものちに「ただいま飛び回っております」と書かれた旗をこのプレートの上に追加した）。コピー機の脇を通ってオフィスに入る。天井が高く三〇畳はあるかという大きなスペース。窓以外の壁はすべて本棚になっており、日本美術関連の書籍がぎっしりと詰まっている。「おはようございます」と声をかけると、アシスタントのロジーナと、セクレタリーのひろみさん、ライブラリアンのメイビスが笑顔を返してくれる。私のデスクは窓側の真ん中あたり。机はもちろん年代物で、革張りの天板のひんやりとした手触りが好きだった。留学期間中のロンドンでいちばん長い時間を過ごしたのは、おそらくこのデスクだったと思う。

ボランティア・スタッフになって最初の仕事をしたのは二〇〇五年の夏休みのことだ。任務は日本美術作品の蒐集《しゅうしゅう》記録の整理。具体的には、大英博物館の版画・素描部の古い登録簿をすべて見直し、日本の絵画や版画についての記載があったらチェックして、そのページのコピーをとる作業である。現在の版画・素描部の収蔵品の大部分は、ヨーロッパの版画やエッチングなのだが、十九世紀から二十世紀初頭くらいまでは、地域を問わず平面の作品はすべてこの部署の管轄だった。日本の絵画や版画がかつてレンブラントやミケランジェロと同じ場所に保管されていたというのは、ワクワクする話ではある。でも、世界中から蒐集された膨大な数の作品リストから、日本の作品を探す作業は容易なことではない。捜索対象は、一八四〇年代から東洋部門が独立する一九一三年までの手書きの登録簿に記載された日本美術作品の記録。それを求めて一ページ一ページに目を凝《こ》らすのである。

やがて、古い登録簿の並んだ棚の前に陣取って作業する日本人の小さな女の子は、版画・素描部のなかで少し話題になった。作業していた場所がスタッフの通り道だったこともあり、いろいろな人がのぞき込んでは声をかけてくれる。どうしても読めない文字があると、周りの誰かをつかまえて聞いてみる。するとみんな真剣に頭を寄せ合って判読してくれる。こうして、すべて記録の確認を終えたときにはすでに二週間が経過していた。この仕事のおかげで十九世紀の英国人の筆記体はかなり読めるようになり、館内に大勢の「顔見知り」ができたのだった。

この登録簿のように、大英博物館では一七五三年の設立当初からの書類などが大切に保管されている。そこはまさに何百年と誰の目にも触れず放置されているモノであふれ、混沌《こんとん》としていて多くの謎が存在する。

たとえば、日本セクションのオフィスには長いあいだ「引き出された引き出し」が二つ置かれていた。内容は館蔵の日本陶磁器を分類した十九世紀末のインデックス・カードである。しかし、その引き出しを入れるキャビネットは見当たらず、この引き出したちの出所は謎の一つとなっていた。あるとき、日本セクションから遠く離れたアジア部から連絡が入った。アジア部のスタディ・ルームのキャビネットに引き出しが二つ足りないものがあるという。これはもしやと思い、オフィスにある引き出しをはめてみるとぴったり。こんなふうに、過去にもつれてしまった糸をほぐしていく過程でいろいろと発見がある。探偵にでもなったような気持ちで調査にあたらなければ、お目当ての素材にはなかなかたどり着かないのである。

法隆寺金堂壁画

大英博物館での気ままな調査業にも慣れたある日のこと。私が研究している蒐集家、ウィリアム・アンダーソンの日本絵画コレクションのカタログのなかに、法隆寺の金堂《こんどう》壁画の「写し」があることに気がついた。英国人外交官のアーネスト・サトウという人物からアンダーソンへ贈られたものであるらしい。法隆寺の金堂壁画といえば、一九四九年（昭和二十四年）の火災で焼損してしまい、もうみることのかなわない幻の絵画。現在の金堂にあるのは、一九六八年（昭和四十三年）に日本画家の安田靫彦《ゆきひこ》や前田青邨《せいそん》らによって制作された再現模写である。アンダーソン・コレクションは一八八一年に大英博物館に入っているので、もしそのカタログの情報が事実だとしたら、消失前の壁画を写した貴重な作品ということになる。

ティムに「法隆寺の壁画の写しだと書いてあるのですが、知っていますか？」と聞くと、「そんなものみたことはない」との答え。でも、「作品番号が付いているのだからどこかにあるはず」と収蔵庫を探しはじめた。しばらくして、それらしきものが雑多な作品を集めた箱のなかから出てきた。トレーシングペーパーのような薄紙が、B4くらいのサイズに折り畳まれている。スタディ・ルームでみようとしたが大きすぎて広げきれない。仕方がないので、閉館時間を待って、人がいなくなった日本ギャラリーで広げてみることにした。

誰もいない静まりかえったギャラリーで、おそるおそるその薄紙を広げてみる。すると、三メートル×二メートルはあるだろう大画面に描かれていたのは、まさしく法隆寺金堂壁画の一面、《弥勒浄土図《みろくじようどず》》だった。背筋がぞくぞくするような感動を覚え、ティムも私も「なんだかすごいものを発見してしまった……」と、作品を前に口数少なに立ち尽くしてしまったのだった。

恰好の研究対象を手に入れて研究者モードとなった私。調べてみたところ、この作品はサトウとアンダーソンが一八七九年に法隆寺を訪れた際、サトウが壁画に感動して、桜井香雲《こううん》という画師《えし》に描かせたものであることがわかった。日本美術に造詣《ぞうけい》の深い英国人が、金堂壁画を模写させたという話は、当時の帝室博物館（現在の東京国立博物館）にも伝わったらしい。そして、これは重要な作品らしいからと、桜井香雲にもう一度壁画の模写をさせたというのである（このときの模写は現在も東京国立博物館に保管されている）。日本の文化財保護事業の先駆けともいうべき模写作品の制作が、英国人のサトウの発案をきっかけとして始まったことが証明され、近代美術史上でも意味のある発見となった。

それだけでも十分思い出に残る出来事だったが、この話にはまだ続きがある。模写の発見から数カ月がたったころ、ロンドン大学SOASの所蔵品展に、法隆寺壁画の複製が出品されるという話を聞いた。大学は大英博物館の隣なので、仕事のあとにティムと内覧会に出かけた。

会場に入るとすぐに白黒の壁画が目に飛び込んできた。この作品は、一九三八年（昭和十三年）に、京都の便利堂という印刷会社が金堂壁画の写真から制作した原寸大の複製らしい。コロタイプという技法を使って印刷されており、白黒であることを除けば、実際の作品がきわめて忠実に再現されている。帰宅後に展覧会の紹介論文を何気《なにげ》なく読んでいると、そこには衝撃の事実が書かれていた。金堂壁画全一二面を掛け軸に仕立てた複製のセットが二組英国に渡っており、そのうちの一組がその日みた展示品で、もう一組は大英博物館に入ったと書いてあるのである。

桜井香雲の模写を発見して以来進めてきた調査でも、大英博物館にもう一つ複製があるという話は聞いたことがなかった。翌日オフィスに行ってデータベースを検索してみたが、案の定それらしき作品は出てこない。ティムに「大英にも便利堂の複製があるらしいのだけれど知ってますか?」と聞いてみた。ティムはしばしの沈黙のあと、「昨日展示会場でみた複製の箱(一緒に展示してあった)をアジア部のどこかでみたことがあるような気がする」という。ならば探しにいってみようと二人でアジア部に向かった。「どこにあるんでしょうね」と話しながらエレベーターを降りると、ティムが「あっ」とひと言。目の前の棚の上に、昨日展示されていたのと瓜二つの箱が積み上げられているではないか。二人で顔を見合わせる。ティムが脚立を運んできて棚の上の箱をのぞき込む。埃《ほこり》が積もっていたが、まさに昨日みたものと同じ便利堂作成の複製に間違いない。「やった!」。二人で手を叩いて喜んでいると、ティムの上司にあたるアジア部長がたまたま通りかかった。興奮していましがた起こった出来事を報告すると、「すごい発見ね! Good job!」と褒《ほ》めてくださった。

箱の数は一二あり、オリジナルの一二幅《ふく》が一つも欠けることなく残っていることがわかった。あとで知ったことだが、日本に残っているものは戦争や震災などで欠損したものが多く、完全な一二幅のセットで残っているのはとても貴重とのこと。複製だからと作品番号も与えられずに「忘れられていた」のだが、そのおかげで完全な状態で残っていたとはさすが大英博物館である。

この二つの法隆寺金堂壁画の発見は、大英博物館で研究することの醍醐味《だいごみ》といえると思う。展示されたことのある作品は全収蔵品のおよそ一〇%で、残りの九〇%は一度も展示されずに収蔵庫に眠ったままだといわれている。収蔵庫の片隅でひっそりと、開けられるのを待つタイムカプセルはまだまだたくさんあるはず。そのうちの二つを開ける役を担えたことは私の誇りの一つなのだ。

いまの私の夢は桜井香雲の模写作品を掛け軸に仕立てて、便利堂の複製とともに大英博物館で展示すること。二つ並べたら、日本ギャラリーのケースを一面埋めてしまうほどの大きさになってしまうから、実現は難しいかもしれない。でも、そうすることで世界中からの来館者の皆さまに、長く続く日本と英国のあいだの文化交流の歴史を知ってもらうきっかけになればと思っている。

13

日常茶飯

日常茶飯（にちじょうさはん）

日々のありふれた事柄。いつものこと。「茶飯」は食事で、毎日の食事と同じくらい、取り立てていうほどのこともない、ふつうのことの意味。

英国の食あれこれ

「英国の料理はまずいよ」

留学する前にほんとうにたくさんの方からいわれた言葉である。行く前にかなり脅《おど》されていたせいか、実際食べてみると「まずくはない」気がした。でも、平均的にあまりおいしくないというのは事実である。英国にはおいしいものを食べることに情熱を燃やす人が少ない気がする。これはプロテスタントの一派であるピューリタン（清教徒）が贅沢《ぜいたく》を嫌ったことによるものらしく、ひと昔前までは外食といえばフィッシュ・アンド・チップスしかなかったそうだ。

そういうわけで英国での外食には少なからず危険が伴う。たとえば、英国で有名な某日本料理チェーン店（オーナーは日本人ではない）では、カレーライスを頼むとココナッツミルクが入っていたり、うどんを頼むとただ茹《ゆ》でただけのうどん（つゆなし）が出てきたりする。それでも昼食時はそういった店に長蛇《ちょうだ》の列ができ、それを日本食であると信じてもりもり食べている人びとがいる（日本人はほとんどいない）。つまり、日本人以外の友達からの「日本食レストランに行こう」というお誘いは意外に恐ろしいのである。

日本食以外でも、イタリアンでアルデンテのパスタが出てくる確率はきわめて低いし、中華も当たり外れが激しい。英国料理なるものをレストランで食べようとするのは大間違い。おいしい英国料理が食べたければ、英国人家庭に招待していただくのが一番である。例外はインド料理とタイ料理だろうか。比較的安定しておいしい店が多い。でも、頻繁に食べにいくものでもないので、やはり自炊をするのが一番なのである。

一人暮らしの自炊生活

厨司《ちゅうし》（宮家専属の料理人）のいる家庭で生まれ育ったけれど、料理は昔から好きだった。最初はお菓子作りが中心で、家族の誕生日にケーキをつくるのは私の役割。ヴァレンタイン・デーの前日は、職員や側衛《そくえい》たちに渡すお菓子を焼くために、厨房《ちゅうぼう》のオーブンを毎年占領したものである。夏休みで軽井沢の別荘に行っていたときなどは、ときどき私が料理を担当することもあった。とくに習ったわけではないのだけれど、厨房に出入りして料理ができあがっていく過程をみるのが好きだったせいか、いつの間《ま》にか見様見真似でそれなりのものはできるようになっていた。

留学して初めて料理が日課となったのだけれど、それにもすぐに慣れ、留学していた五年間で随分とレパートリーも増えた。パスタや中華のようなものをつくることもあったけれど、やはり身体《からだ》が欲するのは和食である。留学する前はご飯よりパンのほうが好きだったし、お味噌汁もあまり「おいしい」と思って飲んでいた記憶はない。でも留学してからは、時折無性にご飯とお味噌汁が欲しくなるようになった。これも海外に出て初めてわかる、自分が「日本人であること」を知る指標の一つなのだろう。

英国で手に入る和食の食材は限られているので、いろいろな方法でそれを確保しなければならない。日本に帰国したときにスーツケースに詰め込んでいろいろもって帰ってきたり、日本から来る友人に頼んでもってきてもらったり、ロンドンのジャパンセンターで買い出しをしたり。食材の確保には涙ぐましい努力があった。そのおかげで、いつでもそれなりの「和食風なもの」はつくることのできる環境にあった。つくれる料理の幅は日本にいるときに比べれば広くはないけれど、限られた選択肢のなかで「これとこれを合わせてみたらおいしいかもしれない……」と新しい料理を考えるのも楽しかった。

英国でも手に入る日本の食材もあることはある。でも日本の金銭感覚は通用しないので注意が必要である。たとえば一度ロンドンのマーケットで「しめじ」をみつけたことがあった。嬉しくなって、袋にひとつかみほど入れてレジにもっていったら、五ポンド（当時のレートで一〇〇〇円以上）といわれてびっくり。結局買わずに帰ることになった。逆に日本だと高くてなかなか手が出ないマッシュルームやズッキーニといった西洋野菜は、英国だとかなりリーズナブルに手に入る。とくにきのこが大好きな私は、マッシュルームを冷蔵庫に欠かさなかった。

食欲のないときによくつくっていたオリジナル料理がある。マッシュルームとプチトマトをオリーブオイルで炒め、希釈していない麺つゆで味付けをする。茹でて冷水でしめたうどんの上にそれを載せ、ルッコラやサラダ用のほうれん草などの緑の葉を周りに散らす。その上から黒コショウをがりがりっとかけ、最後にリンゴ酢を回しかけていただくサラダうどんである。うどんにオリーブオイルに黒コショウ？ と思われるかもしれないが、意外と合う。先日久しぶりにつくってみようかと思ったが、日本に帰ってきてしまったいまではかえって高くつく料理になってしまった。

カバード・マーケット

さて、オックスフォードにはカバード・マーケットというマーケットがある。文字どおり、屋根で覆われた（カバーされた）市場である。八百屋、魚屋、肉屋、靴屋、雑貨屋、洋服屋、花屋、サンドイッチ屋など雑多な店の数々が軒《のき》を連ねている。用事がなくてもぶらぶらするだけで楽しい。勉強に行き詰まるとクッキー屋さんに焼きたてのクッキーをよく買いにいった。チョコレートがとろけて、頭がきーんとなるくらい甘いクッキーを食べると、脳に栄養が行き渡り、「よし、また頑張ろう！」という気持ちになれた。

でも、秋にカバード・マーケットに行くときには気をつけなければならないことがある。肉屋の店先に、「首を落とされたケモノたち」がぶら下がっているからである。彼らは「ゲーム」と呼ばれ、猟で獲《と》れるキジ、シカ、ウサギ、イノシシなどのことをいう。狩猟シーズンになると、英国の人たちはこういった肉類を食べる習慣があるのだ。でも、私はどうしても、まだ毛の付いたリアルな動物たちの姿と、そこから発せられる野生的な匂いというものが苦手だった。だからなるべく肉屋の前は通らないようにしていたのだが、ときにぼんやりしていて彼らに出くわし、「ぎょっ」とするのである。余談であるが、キジは首をくってぶら下げておいて、肉が腐って下に落ちるくらいが「食べごろ」なのだそうだ。その話を聞いてからは、後ろでどさっと何かが落ちる音がして「ひぃっ」と飛び上がったことが何回かある。

一度カバード・マーケットで「トリュフ・ポテト」なる皮が真っ黒のじゃがいもを買ってみたことがある。理由は、なんだかいつも買わない食材を買って料理をしてみたくなったからである。ちょっとわくわくしながらまず水で洗い、半分に切ってみた。そこでみたのは予想外の光景。お芋の断面がなんと紫色だったのである。とりあえず一個だけ茹《ゆ》でてみることにして、鍋を火にかけたまま部屋に戻り、インターネットで「黒い　じゃがいも　紫」という検索ワードを打ち込んで調べてみた。すると、北海道で採れるインカパープルなる紫のじゃがいもがあることが判明。この品種のじゃがいもは、フライドポテトやポテトサラダなどにするとほくほくしておいしいとのことである。「茹でたのは正解」と、意気揚々とキッチンに戻ると……そこにはおどろおどろしい光景が私を待ち受けていた。じゃがいもの色素がお湯に溶けだし、世にも恐ろしい緑色になっているではないか。アニメでみるような魔女の鍋でつくられている危険なお薬の色である。そして、ぐつぐつと煮立ったお湯の中で、紫色のじゃがいもの小さなかけらが苦しそうにもがいているようにみえるのである。

とりあえずその小さなかけらを救い出してみたが、なかなか勇気が出ない。しばらく悩んで恐る恐る口に入れてみると……とてもおいしかった。よくよく考えてみると当たり前だ。その見た目と茹でたときの色の変化でなんだか恐ろしい毒物のように思ってしまったけれど、もともとただのじゃがいもなんだもの。その日つくった紫色のポテトサラダは、とてもとてもおいしかった。

友人との食事会

さて、一人暮らしをしてみて初めて気づいたことだが、一人分の料理をつくるのはつまらない。食材をいろいろ買っても、使いきれずに駄目にしてしまう場合が多い。仕方なく三種類くらいの野菜を一回の買い物で買い、三日ほどその野菜を使った料理をつくりつづける。洗い物をなるべく少なくするため、基本的にはワンプレートディッシュ。聞こえはいいけれど、要するに「適当」である。ひどいときは丼のご飯の上に野菜炒めを載せ、さらには納豆まで載せて食べたりもしていた（これが意外とおいしいのだけれど）。何も考えずに料理をして、気づくと目の前のおかずがすべて緑だったこともあった。

結局料理をするとはいっても、相手がいなければ栄養補給がその主たる目的になってしまう。つくるのは、なるべく早くできるものや簡単なもので、食事時間もあっという間に終わってしまう。論文書きで引きこもっているときは、数日間外に出なかったりすることもあり、違う料理をつくっていても味付けのパターンが似てしまい、自分の味に飽きてしまうことがある。こういったとき、私は友達を呼んで一緒に料理したり、友達の家に出張して料理をしたりしていた。自分のためだと大して頑張らないけれど、誰かのためにと思うと三品くらいつくってみようという気になるし、メニューを考えるだけでも楽しいのである。

何人かで集まって持ち寄りパーティーをすることもあった。博士論文を抱えて苦労している仲間たちなので、気分転換と実益を兼ねた料理会は積極的に参加してくれる。一人が参加者全員をもてなすこともあれば、それぞれがつくったものを持ち寄ってパーティーをすることもあった。そんなときに人気の日本料理といえば、カレーやお好み焼き、肉じゃがなどである。

一方、外国人に「伝わらない」料理というのも少なからずある。「スシが食べたい」と英国人の友人にいわれたのでちらし寿司をつくったときには、「これはスシじゃない」と否定された。白玉団子は「ん〜、ガムみたい」といわれて不評。レシピをわざわざ調べてどら焼きをつくり、結構おいしくできたのに、日本人以外はノーコメント。多くの外国人は「甘い豆」が苦手なのを知ったのはそれからしばらくしてからのことである。やはり食べ慣れている味や食感というのが日本人と違うのだろうなと思う。

そんなわけで、一緒に料理をするのは日本人の友達が多かった。留学時に英語を上達させたければ、日本人と関わってはいけないとよくいわれる。たしかに短期間の語学学校への留学ならそうかもしれない。でも、大学院に入ってしまうと、母国語ではない言葉で論文を書くという悩みを共有している仲間と日本語で食事をするひとときは、ほんとうに心安らぐ癒《い》やしの時間なのである。

14

骨肉之親

骨肉之親（こつにくのしん）
親子・兄弟・姉妹のように血のつながりの濃い肉親の間柄のこと。また、そのあいだの深い愛情をいう。

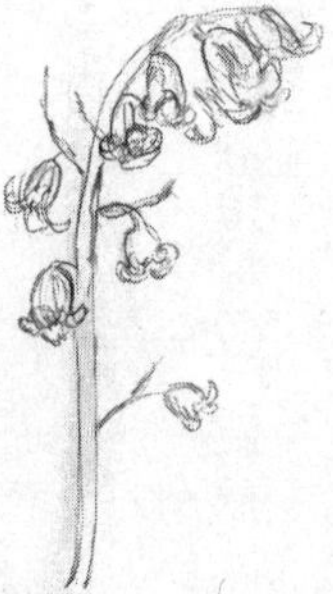

英国でおかあさんになる

私にはオックスフォードに六歳になるゴッドドーターがいる。その子の名前は菜夏子グレースちゃん。親友のみーちゃんとポール夫妻の一人娘で、私は彼女のことを「ななちゃん」と呼んでいる。ゴッドドーターとは、日本語では「名付け子」というのだろうか。ななちゃんからみれば、私は彼女のゴッドマザーということになる。

ヨーロッパには、子どもを授かったカップルが、自分の友人などにゴッドファーザー（マザー）になることをお願いするという習慣がある。もともとはカトリックの制度で、子どもの洗礼に付き添い、その子の信仰の深まりを助ける親代わりの人をいう。現代では「万が一、私たちカップルに何かあったときにはこの子をよろしく」とやんわりお願いする制度で、実際名前を付けてあげるわけではない。

みーちゃんたちは、生まれてくる子どもが女の子だとわかったときに、家族と相談して、その子の名前を英語でも日本語でも発音しやすいNanako Graceにすることを決めていた。ついては、その「ナナコ」の漢字を考えてほしいと頼まれたのである。「私たちも考えるから～」といわれていたので、よもや自分の案が採用されることはあるまいと思いながら、七案くらいのナナコを考えてみーちゃんにメールをした。

その数日後、みーちゃんから電話があった。そして「あきちゃんの考えてくれたなかにあった『菜夏子』にしようと思うの」と告げられた。吃驚《びっくり》仰天である。もちろん真剣に考えた。でも、結局は自分たちで決めるのだろうと高をくくっていたので、謂《いわ》れとか字画とか、まったく考えていなかった。純粋に「字面《じづら》がきれい」だとか、「こんな漢字の組み合わせはかわいいんじゃないか」といった理由で選んだので、「ほんとうにいいの？」と聞いた。でもみーちゃんは、「あきちゃんが考えてくれた菜夏子にしたい」という。こうして、私は図らずも名実ともにほんとうのゴッドマザーに就任し、まだみぬ菜夏子グレースちゃんに一方《ひとかた》ならぬ責任感を見出すことになるのである。

みーちゃんとは毎日のように電話で連絡を取り合い、忙しくないときは月に三

～四回は会って、お茶をしたりご飯をしたりする仲である。みーちゃんのお腹《なか》が大きくなっていく様子はつぶさにみていたし、ベビー用品の買い物にもよくお付き合いした。検診に行ったときの話や、出産の不安などを聞いているうちに、みーちゃんと一緒にすっかり私も母親気分になっていった。出産予定日は七月三日、その日がどんどん近づいてくる。そしてみーちゃんのお腹はますます大きくなる。

そして二〇〇八年六月二十七日のお昼前、寮の自分の部屋で論文を書いていると、みーちゃんから突然の電話。「陣痛が始まっちゃったから病院に行ってくるね」との連絡だった。予定日より一週間ほど早い。でも、みーちゃんはそんなに苦しそうでもなく、「ちょっと子ども産んでくるね」みたいな気軽な口調である。「じゃあ頑張ってね。生まれたら連絡してとポールに伝えてね」といって電話を切った。

ここからが私の人生でいちばん長いと感じた一日の始まりだった。「まぁ、大丈夫だろう」と思ってはいたが、待てど暮らせど連絡が来ない。心配のあまり、みーちゃんの家に待機されていたみーちゃんの叔母さまに何度も電話をかけてみる。でもやっぱり病院からの連絡はないと心配そうな声。そのまま進展なく時計の針はゆっくりと進み、とうとう夜中の十二時を過ぎてしまった。仕方なく床《とこ》に就いたのだけれどまったく寝付けない。そうして悶々《もんもん》と一晩を過ごし、空が明るくなってきた朝七時ごろ、枕元に置いてあった携帯電話が鳴った。人生最速ではないかと思うくらいのスピードで飛び起きて電話に出るとポールの声。子どもは夜中の二時過ぎに無事生まれたけれど、かなりの難産でみーちゃんは出血多量。一時は危険な状態になってしまって連絡どころではなかったと伝えられた。声から疲労困憊《こんぱい》のポールの様子が伝わってくる。でも、母子ともに命の心配はないとのことで胸をなでおろした。ポールにたくさんのおめでとうとありがとうを伝え、それから少しだけ眠りに就いた。

さて、生まれたとなると俄然《がぜん》会いたい。お昼過ぎにポールに電話をすると、みーちゃんも私に会いたいといってくれているという。随分前から用意していた出産祝いをもって、いそいそとオックスフォード市内のジョン・ラドクリフ・ホスピタルに向かった。

まだ集中治療室にいたみーちゃんの顔は、こちらがぎょっとするくらい真っ白だった。ほんとうにたくさんの血を失ってしまったのだろう。そのときはまだ輸血をしていたと思う。昔であれば、「産後の肥立《ひだ》ちが悪くて……」ということになっていたのかと思うと、現代医学の発達に手を合わさずにはいられなかった。でも、そんな真っ白で、よれよれのみーちゃんの顔は前日とは全然違っていた。たった一日でみーちゃんは「お母さん」になっていた。

そして私は生後十四時間の菜夏子グレースちゃんに対面した。こんなに小さな赤ちゃんに会うのは初めての経験。ほんとうに小さくて、手もまだふやけてしわしわだった。でも、顔をみた瞬間、ただただ嬉しさが込み上げてきた。血はつながっていないけれど、これから大切に人生に関わっていきたいと思える子どもができたというのは、ほんとうに幸せだと思った。

子育ての喜び

それからというもの、暇をみつけてはみーちゃんとポール

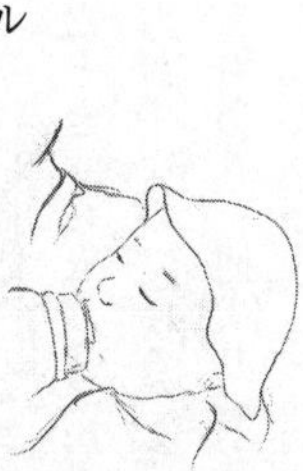

夫妻の家にそれまで以上に頻繁に遊びにいくようになった。学校は夏休みのころだったのだが、学生のいない静かすぎる寮は怖い。生まれたときから人の多い家で育ったせいなのか、周りに人がいないという状況はどうも苦手なのである。さらに寮のキッチンは改装中で長いあいだ使えないということもあり、何よりもななちゃんに会いたくて自然と足がみーちゃんの家に向かってしまった。

遊びにいったときのゴッドマザー彬子の役割は「夕食当番」である。みーちゃんはまだ体調が本調子ではなかったので、ポールと交代で夕食をつくることに決めた。ここぞとばかりに自分のためにはつくらないドリア、リゾット、ベルギー風のビーフシチューなどをつくる。煮込んでいるあいだに論文を書き、論文書きに発狂しそうになると、ななちゃんを突っつきにいく。アシュモリアン美術館の日本美術部門の研究員でもあるみーちゃんに、論文の方向性などいま考えていることを聞いてもらい、解決の糸口を見出すことも多々あった。とてもよい環境のキッチン付き勉強部屋だ。

体調の回復したみーちゃんが仕事に復帰すると、私は何度もベビーシッターを買って出た。初めは、おむつを替えても、ミルクをあげても、泣きやんでくれない生後二カ月くらいのななちゃん。やはりお母さんには何をしてもかなわないな、とちょっぴり悔しい思いをした。でも次第に、家にしょっちゅう顔を出す「あきちゃん」は、お父さんとお母さんの次に遊べる相手だと認識されて、号泣ななちゃんに困らされることも少なくなっていった。

しゃべれるようになると、コミュニケーションが取れるようになるので、とても楽しい。ななちゃんは一人遊びに飽きると、同じ部屋で勉強している私に「あきちゃん、アンパンマンみる」と近寄ってくる。一つのお話が終わると「つぎこれ」「つぎこれ」とエンドレスでアンパンマンを鑑賞することになる。「論文書かないといけないんだけどなぁ」と思いつつ、私の横にぴたっとくっついて、真剣に画面に見入っているななちゃんの小さな後頭部をみていると、いじらしくて結局いうことを聞いてしまうのである。これを「ゴッドマザーバカ」というのだろう。おかげで、ずいぶんアンパンマンのキャラクターには詳しくなった。昔に比べて登場するキャラクターが増えていることにびっくり。ちなみに、私のお気に入りは「つきのしらたまさん」だった。

ななちゃんがまだおしゃべりをできなかった時分には、私が子どものころに口ずさんでいた童謡を歌って聞かせてあげたりもした。いろいろな歌を歌っていたけれど、いまになってそのなかに『おもちゃのチャチャチャ』があったことを思い出す。無意識だったけれど、これは私と父の思い出の曲だった。私がまだ小さかったころ、スキーに行くと、リフトの上でよく父と二人で『おもちゃのチャチャチャ』を熱唱した。「チャッチャチャッチャ」とか「トテチテタ」とかいう響きが好きだったようで、父は膝《ひざ》を叩きながら、私は手を叩きながらほんとうによく歌った。父が亡くなり、ある追悼の番組のなかで父がラジオ番組に出演されたときの音声が流れたのをふと耳にした。父がそのときリクエストされた曲が『おもちゃのチャチャチャ』だったのである。「この曲はよく娘と歌うんですよ」と笑っておられた。子どものときの思い出が一気によみがえり、その映像をみながら号泣してしまった。

その歌をいまはななちゃんが、「チャッチャチャッチャ」と手を叩いて歌ってくれる。私と父の思い出の曲を、血はつながっていないけれど、ななちゃんがいつの間《ま》にか引き継いでくれていた。「伝える」というのはこういうことなのかと、子育ての小さな喜びをゴッドマザーの私も味わわせてもらった。

15

前途多難

前途多難（ぜんとたなん）

これから先、多くの困難や災難が待っていると予期されること。「前途」は今後の道のり、「多難」は困難や災難が多いさまをいう。

初めての展覧会で大騒ぎ

私の指導教授はジェシカとティムである。でも途中から「私もアキコの指導教授になる！」と宣言して、非公式の指導教授になってくれた人がいる。ロンドンの北東、ノリッチという町にあるセインズベリー日本藝術研究所で、当時所長を務めていたニコル・ルーマニエール先生である。ニコルの専門は日本陶磁器で、大英博物館の日本セクションの工芸部門の監修もしておられた。大英博物館の日本陶磁器コレクションの礎《いしずえ》を築いた十九世紀の学芸員、オーガスタス・ウォラストン・フランクスの研究をされていたこともあり、論文執筆中はいろいろと助けてもらった。絵画コレクションだけだと視野が狭くなりすぎてしまうから、陶磁器のコレクションも扱うべきだとアドバイスをくれたのはニコルだった。そして、留学期間中、公私にわたり、姉のように、友人のように、私のことを気にかけてくれたニコルには心から感謝している。

日本セクションのボランティアとして大英博物館に出入りするようになって一

年ほどが経過したころ。ニコルから「日本陶磁器倉庫の整理を手伝ってくれない？」と頼まれた。陶磁器コレクションの一部を写真撮影するにあたり、どの作品を撮影するかを整理しながら決めていくのだという。作品に直《じか》に触れることのできる貴重な機会である。でも、やきものの専門家ではない私で戦力になるのだろうかと思っていると、「私の学生で、やきものの研究をしている人も連れてくるから」とのこと。それなら心強いと喜んでお手伝いをすることになったのである。

かくして、大英博物館のお隣にあるロンドン大学ＳＯＡＳで、博士課程に在籍しているシンヤさんと一緒に倉庫の整理をするようになった。関西出身で気さくにおしゃべりをしてくれるシンヤさんとはすぐに仲良くなり、陶磁器倉庫で手を真っ黒にしながら、三人でたくさんの作品を調査した。あるキャビネットを開けると、同じような色の、同じような形をした茶入が一〇〇個くらい林のように並んでいて途方に暮れたこともあったが、こんな宝探しのような仕事も、写真撮影も、和気あいあいとした雰囲気で終わった。

それからしばらくしてニコルから突然電話がかかってきた。「フランスのアルザス地方にとても面白い日本のコレクションがあるのだけれど、アキコとシンヤは絶対みておいたほうがいいから一緒に行きましょう」とのこと。なんだか状況をよく把握できないまま、三人でアルザスに向かうことになった。現地の空港に着くと、アルザス・欧州日本学研究所の方が迎えにきてくださっており、それから近隣にある美術館、博物館を三カ所ほど回った。

どの美術館に行っても、学芸員の方がにこやかに出迎えてくださり、日本関連の作品をいろいろとみせてくださった。その場でニコルは「展覧会に出せそうないいものがあったら写真を撮っておいて」とシンヤさんに指示している。「はて、展覧会?」と一瞬思ったものの、とくに深く考えることなく作業を進めた。

ある美術館では「これ全部日本のものです!」と段ボールの箱を渡される。箱を開けてみると、新聞紙に包まれた漆塗《うるし》りの硯箱《すずりばこ》が縦向きに一〇個くらい詰まっている。なかなか目にすることのない刺激的な光景に思わずくらり。でも、「ここは日本ではないのだから……」と自分にいい聞かせ、山のようにある印籠《いんろう》や鐔《つば》、根付《ねつけ》、版画などの調査を黙々と進めた。

その日に予定していた作業がすべて終わり、車で宿へと向かう。その途中、ニコルが研究所の人に、「○○美術館の××は展覧会に出したらいいと思うんですよ」などと話している。「へ～、展覧会するんですか？」と聞く。すると、ニコルが笑顔でいった。

「そう、するんですよ。三カ月後に！」

「……はい？（いまなんと？）」

状況をまったく把握していなかったシンヤさんと私。何のことかとニコルを問い詰めてみると、アルザスに点在する日本美術コレクションからよい作品を選んで展覧会をするのだという。それも巡回展。おまけにオープニングは三カ月後。それだけでもとんでもない話なのに、ニコルが責任者で、われわれ二人がアシスタントをするのだという。文字どおり、「聞いてないよ～」である。しれっと秘密の告白を果たし、終始にこやかなニコルの横で、シンヤさんと二人顔を見合わせて、絶望的な気持ちになったのだった。作品選びはロンドンに戻ってからしましょうということになったが、とにかく展覧会のことで頭がいっぱいになり、その日のおいしかったはずの夕食の味も、楽しかったはずの会話の数々もいまではまったく覚えていない。

英国に戻り、ノリッチの研究所で合宿をすることになった。とりあえず、めぼしい作品を二〇〇点ほどリストアップし、シンヤさんが写真を加えて表にした。それを三人でもう一度一点ずつ見直し、展示可能と思われる作品を一〇八点選んだ。その一〇八点の作品に英語と日本語のタイトルを付けるのが私の役割である。

フランス語できちんと作品名が付けられているものに関しては、それを英語と日本語に訳せばよいのでそれほど難しい作業ではない。でも、選んだ作品のなかには、リストに「Tsuba」とか「Netsuke」「Box」としか書いていないものがたくさんある。私の専門はどちらかといえば絵画なので、金工や漆器《しっき》などに日常的に触れているわけではない。専門書を図書室に広げ、辞書を引きながら《雨中竹鳥図硯箱》とか、《貝尽文透鐔》とか、それらしい名前を考える。そして、ひと通りタイトルが決まったらフランス語に訳してもらう。最初の調査時に、私が軽い気持ちで適当に付けた《菊とおじさん図》というタイトルがそのままになっているのを見落とし、展覧会直前に気づいたときは冷や汗ものだった。

そのあとは展覧会場で作品の横に置くキャプションをつくる。シンヤさんと手分けして一〇八点の作品にタイトル、作者、時代、サイズ、そして作品の解説を付けるのである。自分たちの専門分野外の作品がほとんどなので、銘から作者を確定し、その人について調べ、文章にし……と作業に恐ろしく手間がかかった。とにかくへろへろになりながら、全部の作品に日本語と英語のキャプションを付けて、フランス側に送ったのだった。

英国でできる作業はこれでおしまいである。ニコルはわれわれの仕事を褒《ほ》めてくれ、作品の貸し出し許可や、会場の準備などはフランス側に任せると教えてくれた。あとは、彼女がきちんと進めてくれるはずである。忙しい人のため、なかなか連絡がつかないので、フランスで何が起こっているのかはまったくわからないまま、展覧会のオープニングの日が迫ってきた。さすがに少し不安になっていたのだが、フランスへ出発する直前、ようやくニコルと連絡が取れ、三人で食事をすることになった。展覧会はどうなっているのか聞いてみると、「大丈夫、大丈夫！　会場の準備はほとんどできていて、キャプションが間違っていないかをチェックすればよいくらいになっているから」とのことでひと安心。でも、「私は仕事で行けなくなったから二人で行って」という。ニコルが来ないのは心配ではあるが、仕方ないので、シンヤさんと二人でアルザスに向かうことになった。

美術史研究者の試練

現地の空港に到着したのは午後三時ころ。展覧会のオープニングの三日前である。まずは会場をみてほしいということで、空港から直接会場に向かうことになった。会場は県庁舎のエントランス・ホールだという。モダンで立派な建物に到着し、入り口から入る。そして、「ここです」と指をさされた場所はガラス張りで広々としたスペース。でも、何もない。正確にいえば、展示ケースを組み立てている人とパネルに黒い幕を掛けている人が五人ほどいた。しかし、それだけである。ケースに入っているはずの作品も、キャプションも、照明も、何一つなかったのである。

呆然《ぼうぜん》としながら、「作品はどこにあるんですか？」と尋ねると、「上の部屋に置いてあります！」と笑顔でいわれる。重い足取りでその部屋に向かい、扉を開けると、梱包されたままの段ボールの数々がでïんと鎮座していた。そこで初めて「これは大変なことになった」と事態の深刻さを理解したのである。

「ニコルはこうなることを知っていたのではないだろうか？」という考えが脳裏をよぎりつつも、ここまで来たら腹をくって二人でなんとかするしかない。展覧会のオープニングまでは三日しかないのだ。

幸いシンヤさんは、以前アメリカの日本美術館で学芸員をしていたので、展覧会の段取りは熟知している。まずは窓もない三畳ほどの部屋で、シンヤさんと二人、無言で箱を開け、作品を取り出す。汚れがひどいものは埃《ほこり》を払うなどして、展示できる状態にする。作品の準備が整うと、組み立てられたガラスの展示ケースにそれを仮置きしていく。しかし、いかんせん時間が足りないので、何時まで作業をしてよいのかを聞いてもらったのだが、そこは労働組合が力をもっているフランス。会場が県庁舎であったことも災いして、午後六時で職員が全員帰宅するので、それ以降の作業は無理だという。そこをなんとか、とお願いして、特例で八時まで作業をさせてもらえることになったのだが、それでも時間はぎりぎり。展示プランも、ライティングも、現場で作業をしながら決めていく。せっかく美食の国フランスにいたのに、その三日間でわれわれが口にできたものは、ピザ、マクドナルドのハンバーガー、スーパーで買ったお惣菜……などだった。

そして迎えたオープニングの日。朝から必死に作業をしたが間に合わない。夕方五時になってお客さまが続々と入ってくる。そのなかを、最後の最後までキャプションを展示ケースに入れつづける。そして、ちょうどオープニングの挨拶が始まったその瞬間、最後のキャプションが入り、無事に展覧会が完成したのである。二人とも疲労困憊《こんぱい》で、意識朦朧《もうろう》。立っているのもやっとであった。

こんなに大変な展覧会準備は二度とないだろうと思っていたが、数カ月後、その思いはまた覆《くつがえ》される。展覧会の巡回先、ストラスブール会場での準備に行くことになったのだ。現地到着はオープニングの一日前。空港に到着して「会場準備は終わりましたか?」と聞くと、「これから作品を借りにいく」といわれ啞然《あぜん》。もちろん案内された会場には何もない。前回経験したのと同じ光景が広がっている。「絶対無理！」と思ったが、もう意地である。今度はオープニングの三十分前までにすべての作業を終わらせた。できあがった会場をみながら、現地の担当者は「絶対間に合わないと思ってました〜」と笑顔でひと言。もう何も言葉が出なかった。あの怒濤《どとう》の展覧会準備を乗り切れたら、今後はどんな展覧会でも笑顔でこなせるような気がする。美術史研究者として乗り越えなければいけない試練をニコルが与えてくれていたのだと思うことにしている。

16

一以貫之

一以貫之（いつをもってこれをつらぬく）

『論語』（里仁《りじん》篇）にある孔子の言葉「わが道は一以て之を貫く」に由来する。ほかに目移りすることなく、一貫して変わらずおのれの道を進むこと。

プライスさんのパンケーキ

ジョー・プライス。日本美術が好きな人であれば、一度は聞いたことのある名前だろう。「奇想の画師《えし》」といわれる伊藤若冲《じゃくちゅう》を、日本美術の世界の人気者にした立役者の一人である。

ジョーさんは、アメリカのオクラホマ出身。お父さまは石油パイプラインで財を成した富豪で、ジョーさんはその関係から以前は石油パイプラインのエンジニアだったのだそうだ。あるときジョーさんはお父さまの会社の建物の設計を、帝国ホテルを設計したことで有名なフランク・ロイド・ライトに頼んだ。ライトは日本美術に造詣《ぞうけい》が深かったことで知られるが、彼に連れられていったニューヨークの古美術商で、偶然伊藤若冲の作品に出合ったのだそうだ。その作品を気に入り、購入したことをきっかけにして、江戸時代の絵画、とくに若冲の作品を集めるようになる。そうして蒐集《しゅうしゅう》されてきたプライス・コレクションは、長い期間をかけて質量ともに世界有数の江戸絵画コレクションとなったのである。

その噂を聞きつけた日本美術史家たちが、ロサンゼルス近郊の高級住宅街コロナ・デル・マーのプライス邸を訪れるようになる。こうして、ほぼ無名の画師であった伊藤若冲は、ジョーさんのおかげで再評価をされ、徐々に日本人の目に触れるようになった。そして、二〇〇六年、東京国立博物館における初の外国人のコレクション展として「若冲と江戸絵画」展が行われて以来、日本で空前の若冲ブームが起こっている。

五年間の留学中、私は何度か体調を崩した。なかでも二〇〇六年の後半は、研究活動と論文執筆が思うようにいかず、家庭内の問題も重なって、精神的にかなり参っていた。夜眠れないことや、なんでもないときにぽろぽろと涙が出てしまったりすることもあった。その様子をみていたジェシカは「しばらく論文執筆から離れて休養しなさい」と休学を勧めてくれた。そこで私は思い切って一学期間大学を休むことにし、二カ月を日本で、一カ月をいままで足をのばしていなかったアメリカでの調査に充《あ》てることにしたのだった。

日本美術を所蔵するアメリカの美術館・博物館は数多い。ひと月かけて、シアトル、ポートランド、サンフランシスコ、ハンフォード、ロサンゼルス、アリゾナを回り、日本美術コレクションの調査をさせていただいた。ヨーロッパとはまた違った蒐集の歴史や傾向があり、とても勉強になった旅だった。この旅の途中でお世話になったのが、プライスご夫妻なのである。

私の学習院時代の恩師である小林忠先生からは、十九世紀の日本美術コレクションを考えるうえで、現代の外国における日本美術コレクションを知るのは有意義であるからと、プライス邸に行くことを以前から勧められていた。そして、シンヤさんは以前からプライスご夫妻と親しいということで、ご夫妻が来日されたときに紹介をしてもらった。ご夫妻は快く訪問を承諾してくださり、私はめでたくプライス・コレクションの調査をさせていただくことになったのである。

自然光でみる大切さ

プライス邸訪問は旅の後半。冬でもさんさんと太陽の光が降り注ぐ西海岸で時間を過ごしていたので、ロサンゼルスに着くころには随分と元気になっていた。プライスご夫妻は、コレクションをみに訪れる研究者や学生のために、ご自宅の近くに専用のコンドミニアムをもっておられる。そこに一週間ほど滞在させていただき、コレクション調査はもちろんのこと、近郊の美術館をご案内いただいたり、おいしいものを食べに連れていっていただいたりした。この訪問がきっかけで、プライスご夫妻とはとても仲良くなり、来日されるときは毎回ご連絡をいただき、いまでは私の企画するシンポジウムなどにご協力いただいたりもしている。

日本美術についてジョーさんから教わったことはたくさんあるが、そのなかで私の心に残るいくつかのお話をご紹介したいと思う。

プライス邸には、作品を鑑賞するための特別の部屋がある。いつもその部屋で調査をさせていただくのだが、調査ができるのは太陽が出ているあいだだけと決まっている。陽《ひ》が落ちたからといって、電気をつけて調査を続行するのは許してくださらない。それは、江戸時代の絵画は、蛍光灯のような人工光の下で鑑賞することを想定されていないからである。画師は電気の光でみるための作品を描いたわけではない。だから、自然光以外の光で江戸時代の作品をジャッジするのはフェアではない。そして、忘れてはいけないのは、「画師が想定した環境下で作品をみなければ、作品の実力や、当時それを鑑賞した人びとの感動を味わうことができない」というジョーさんの持論なのである。

プライス邸でその話を聞いてから作品をみせていただくと、作品がまったく違ってみえるようになる。屏風《びょうぶ》は同じ場所で動かないのに、刻一刻と印象が変わりつづける。北向きの窓から間接的に入ってくる光。その量や角度の違いによって雰囲気ががらりと変わる。ひとたびその変化を味わうと、自然と一つの作品を鑑賞する時間が長くなる。みる場所を変えつつ、作品に対峙《たいじ》しているうち、絵画からさまざまな物語があふれ出す。

夕暮れどき。目の前にあるのは『平家物語』の合戦の様子が描かれた屏風。窓から差し込んだ赤い陽の光が作品を鮮やかに染め上げる。陽が落ちていくにしたがって、表情の変化はスピードを増す。屏風に映り込む影から、雲の動きや風の速さもわかる。合戦の様子がスポットライトを浴びたように浮かび上がり、描かれている人びとの表情が変わり、金色の雲がきらきらと輝く。その場にいた皆がいつの間《ま》にか声を潜《ひそ》め、目の前に繰り広げられる不思議に魅入られていった。やがて夕日が落ち、部屋が暗くなる。しばしぼんやりとしていた私にジョーさんがいう。

「さあ、今日のショーはおしまい。ご飯を食べよう。今日は僕の大好きな寿司だよ」

このときの合戦図屏風の美しさはいまも目に焼き付いている。なるほど、江戸時代の人たちはこうして絵画を楽しんでいたのだ。現代の日本人が気にしていない、でも忘れてはならないとても大切なことをアメリカ人のジョーさんが教えてくれた。

ジョーさんは私にしてくださったのと同じように、江戸時代以前の美術を自然光のなかでみることの大切さを、この何十年も日本人に訴えつづけている。紫外線などで作品が傷むという観点から、日本の美術館や博物館で、自然光で日本の絵画をみる機会はない。唯一、プライス・コレクション展では、プライスさんの意向により、照明の角度を調節し、明るさを変化させることで、自然光で作品をみるのと似た状況をつくり出すという試みが行われた。光の変化で表情を変える作品を食い入るようにみつめる観客の様子をみて、プライスさんは自分の考えが間違っていなかったことを確信したという。

私も自分の身に覚えがないわけではないが、日本美術研究者は初めての作品に出合うと真っ先に落款《らっかん》や印章を確認し、真贋《しんがん》の判断をしてしまいがちである。そんなわれわれをみて、ジョーさんはいう。

「どうしてそんなに作者の名前を気にするんだ。目の前にこんなに素晴らしい作品があるのに。作者に失礼だ」

たしかに、そのとおりなのだ。そんな日本美術の当たり前を私に教えてくれたのは、ジョー・プライス氏だった。

私の小さな自慢

日本美術や作品について語らせると止まらないジョーさんだが、お茶目な一面もある。じつはプライスご夫妻はロサンゼルス・ディズニーランドの年間パスポートをもっている。積極的に乗り物に乗ることはしないけれど、ディズニーランドへ「お買い物」や「お散歩」によく行かれるのだ。

私も滞在中に一度ディズニーランドに連れていっていただいた。ゲートを入り、先頭に立って歩くジョーさん。とても七十歳を過ぎているとは思えないくらい足が速くて、気づくと随分先を歩かれていたりする。「あれが面白い」「これに乗ったほうがいい」と私に勧めつつも、「エツコはこういう乗り物に乗れないから」と、エツコさんと二人、外のベンチで待っておられる。私は護衛で付いてきている側衛《そくえい》と一緒に、その「プライス・プラン」に沿った乗り物三昧《ざんまい》の一日を堪《たん》能《のう》した。

ひとしきり遊ばせていただき、気づくともう夜の八時ごろ。エッコさんが「ジョーさん。そろそろ帰りましょうか」という。するとジョーさんは「最後の花火をみないとディズニーランドに来た意味がない！」と即答。結局、それからレストランで時間をつぶし、九時ごろから始まった花火をみて、終園ぎりぎりまでディズニーランドを満喫《まんきつ》させていただいた。いろんな意味で、「こんなおじいちゃんはみたことがない！」のだ。

ディズニーついでに、もう一つ。あるとき「ジョーさんは料理ができるのか」という話になった。「ほとんどしないけれど、昔はよく娘のためにパンケーキを日曜日にはつくってあげていた」というジョーさん。パンケーキを焼いているジョー・プライス。なかなかイメージが難しい。「ジョーさんのパンケーキ食べてみたーい」とせがむと、なんと翌朝につくってくださるとのこと。

そして翌朝。側衛とご自宅にうかがう。そこには、エプロンをしたジョーさんがパンケーキミックスの入ったボウルを左手、お玉を右手に、真剣な表情でフライパンと対峙している。後ろでフキンを握りしめながら心配そうに見守るエッコさん。なんだか私もドキドキハラハラ。

「ジョーさん、ほんとうに大丈夫?」

そんな言葉を心のなかでつぶやく私をよそに、ジョーさんはパンケーキを焼きはじめる。すごく小さな丸いパンケーキをつくり、そして、大きなパンケーキをつくる。どうやら不器用だからそうなっているわけではなさそうである。しばらくみていると、大小のパンケーキが合体して、なんとディズニーランドでみたあの世界一有名なネズミ君になったのである。その昔、お嬢さんたちにつくってあげたのと同じものだそうだ。ちょっといびつだけれど、チャーミングなそのネズミは、ジョーさんの気持ちがこもっていて、なんだかちょっと懐かしい味がした。

世界広しといえども、ジョー・プライスの手料理を食べたのは、ご家族を除いては私だけだろうと自負している。世の日本美術史研究者たちに、ちょっと誇れる私の小さな自慢なのである。

〈追記〉

二〇一三年（平成二十五年）三月から九月まで、東北三県でプライス・コレクションの「若冲が来てくれました」展が開催された。被災された方たちのお気持ちを美しい日本美術で慰めたいというご夫妻の思いに端を発するものである。お二人の日本への愛にあらためて敬意を表したい。

17

玉石混淆

玉石混淆（ぎょくせきこんこう）
よいものとつまらないもの、価値のあるものとないものとが入り混じっていて、容易に見分けがつかないさま。中国東晋時代の道士・葛洪《かっこう》が世の風潮を嘆いていった「真偽顚倒、玉石混淆」に由来する言葉。

オックスフォード某重大事件（？）

基本的に勉強の毎日だったオックスフォードでの生活だが、もちろん勉強ばかりでは息が詰まる。気分が乗らないときや疲れたときなどはよく散歩にいった。ユニヴァーシティ・パークやクライスト・チャーチ・メドウ（クライスト・チャーチ・コレッジの裏側にある牧草地。牛もいる）、大学の植物園など、日や気分によって場所やコースを変える。寒い冬でもいつもなぜか緑色をしている芝生《しばふ》をぼんやりみていると、心が癒《い》やされるのである。マートンのお庭のベンチはお気に入りの場所。ぼーっとすることもあれば、論文の構想を考えることもある。前を通りかかった映画館にふらりと入り、映画を観るのも、頭を完全にリセットしたいときには効果的である。

こういったことは、当然ながら突然思い立ってする行動である。側衛《そくえい》が付いてきていると「付き合わせてしまって悪いな」と思うし、「いきなり散歩のために呼び出すのもちょっと……」と思ってしまうので、日本にいたときはなかなかできなかった。自分の時間を自分のためだけに使えた留学期間は、いま振り返ってみるとほんとうに贅沢《ぜいたく》な時間であったと思う。

というわけで、私には英国に行ってから覚えたことがたくさんある。たいへん初歩的なことでいえば、日本にいたときは、銀行にも郵便局にも行ったことがなかった。飛行機のチェックインもしたことがなかった。向こうで自分がやらないとどうしようもない状況になったことで覚え、いまや日本でも使いこなせるようになった。そんな「英国で覚えたこと」のなかから珍事件のいくつかをお話ししたいと思う。

チャリティーショップで
お宝発見

英国で覚えた楽しみの一つにチャリティーショップ巡りがある。英国のチャリティーショップというのは、日本でいうリサイクルショップの一種なのだが、仕入れの方法が違う。売られているものは無償でお店にもち込まれたもので、収益金が慈善団体の運営に役立てられるという仕組みになっている。団体の活動目的もさまざまで、心臓病や癌《がん》の研究活動への支援、発展途上国への支援、身寄りのない子どもたちやお年寄りへの支援などいろいろとある。どんな小さな町にも一～二店はあり、大きな町ともなると、たくさんの団体のお店が同じ通りに軒《のき》を並べていたりする。ヨーロッパの人たちは、ほんとうにチャリティー活動に対しての理解が深いし、生活のなかに根付いているなと感じる。

こういったお店では、使わなくなったものをもっていくと何も聞かずにすべて引き取ってくれる。それを選別して、売れるものは店頭で売り、売れないものは発展途上国に送るなどしてくれる。なかなか合理的なシステムである。いらなくなったものでも誰かの役に立つなら嬉しい。日本にもって帰るほどではないけれど、捨てるにはしのびない衣類や雑貨など、私もよくチャリティーショップにもっていっていた。自分が寄付したものが数日後に店先に並んでいたりすると、よいお嫁入り先がみつかればいいなと、ちょっと温かな気持ちになる。帰国する直前は、いくつもの大きな紙袋に品物を入れてお店に運んだものである。

面白いのは、エリアによって品揃えが大きく異なるということ。ロンドンのノッティングヒルなどは高級住宅街なので、高級そうな外国産のジャケットや帽子、かばんなどが置いてあることが多い。オックスフォードは同じジャケットでも、ツイードなど英国産のものが多かった気がする。私の友人は、元の持ち主が買った当時はおそらく五万円は下らないであろう有名海外ブランドのジャケットを二〇ポンドや一五ポンド（約四〇〇〇円前後）といった値段でよく購入していた。品揃えはじつに玉石混淆《ぎょくせきこんこう》なのだが、注意深くみていると、ときどきとんでもない掘り出し物があったりするのである。

私もオックスフォードのチャリティーショップで大発見をしたことがある。そのお店は、フレッドやポールがかつて通っていたベイリオル・コレッジの向かい側にあるオックスファムというお店。緑色の店構えが目印で、前を通るたびにちらりと店を覗《のぞ》くのが日課のようになっていた。その日も何の気なしにその店に入り、店内を物色していると、明らかに日本のやきものらしきものが棚に並んでいる。手に取ってみてみると、鳥の絵が描かれた香合《こうごう》で、裏まで綺麗に手彩色《てさいしき》されたとても素敵なものだった。内側にちょっとだけ欠けがあったものの、値札をみると四・九九ポンド（約一〇〇〇円）。ちょうど友人の結婚祝いを探していて、何か日本のものにしようと思っていた。これはとても一〇〇〇円にはみえないし、こんなきちんとした日本のモノは、英国ではそうは手に入らない。たまたま一緒にお店に行ったシンヤさん（日本のやきものが専門）も、「作者はわからないけれど、現代の九谷焼《くたにやき》でとてもよいものですよ」といってくれたので、迷わず購入することにしたのである。

さて、外国人の友人にプレゼントするには、これがどういうものなのかという説明書きを付けてあげたほうが親切である。香合の底には作者の銘が入っていたものの、残念ながら読めない。幸い九谷焼ということはわかっている。そして、九谷焼といえば、以前ロンドンで石川県九谷焼美術館の中矢《なかや》進一《しんいち》先生と調査をご一緒したことがある。そこで、中矢先生にメールで写真をお送りして、どなたの作品かをうかがってみることにした。

すると、びっくりするくらい早くお返事のメールが届いた。

「これはよいものをみつけられました。九谷焼界の

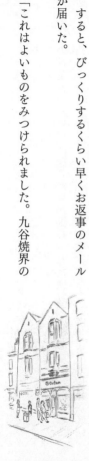

大家《たいか》K先生の作品です」

お褒《ほ》めの言葉と一緒に、同様の作品が掲載された展覧会図録の写真も添付して送ってくださった。驚いてインターネットで検索すると、同じような作品が二〇万〜三〇万円で売られている。自分の目の前にある作品の正体を知り「あわわわわ……」となる私。箱もないし、欠けているけれど、チャリティーショップですごいお宝を発見してしまったようだ。

これは私の想像だけれど、オックスフォードの先生へのお土産《みやげ》だからと日本からどなたかが良い品をもってこられたのだろう。でも、受け取られた方はその価値がわからず、チャリティーショップに出してしまった、ということだったのではないだろうか。

いまではその香合は、「彬子コレクション」として日本の自室の棚の上に並んでいる。もちろん友人への結婚祝いは、きちんと別のものを用意したのはいうまでもない。

謎の侵入者

オックスフォードでの事件というともう一つある。当然のことながら、一人暮らしをするのは私にとって初めての経験。東京では家の鍵をもったことすらない。宮家には三百六十五日二十四時間誰かがいるし、初等科時代は「鍵っ子」の友達がうらやましいと思っていたりもした。これはその鍵にまつわるお話である。

ノリッチのセインズベリー日本藝術研究所に十日ほど論文書きのために滞在して、オックスフォードの自分の寮に帰ってきた日の夜のことである。夜中の二時か三時くらいだっただろうか。ベッドで寝ていると、いきなり部屋の入り口のドアが開いたのか、すーっと電気の光が部屋に差し込んだ。「はっ」とした瞬間、「ガン」「ドン」「バンバン」と何かがぶつかるような音。そして同時に黒い人影が足元に。私は思わず「きゃっ」と声をあげた。するとその人影が言葉を発した。「ソーリー」と。なんと知らない男性が私の部屋に入ってきたのである。

普段であれば、迷わず「私の部屋だから出ていきなさい」とかなんとかいったかもしれない。でも、その日はまだ数人が生活をともにしていた研究所から帰ってきたばかり。それも寝ぼけていて、誰かが部屋に入ってきたのをなぜか不思議に感じなかった。

いま思い起こせば何をいっているのかと自分で突っ込みたくなるが、私は人影に向かって「あなた、この部屋に住んでいる人ですか？」とやさしく声をかけてしまった。するとその人物は、ようやく自分の部屋でないということに気づいたのだろう。また「オゥ、ソーリー」といって元来《もと》た方向に向かって動き出した。そしてまた「ドンッ」「ガンッ」と大きな音がしたあと、ドアが閉まり、部屋は再び暗闇と静寂に包まれた。

わずか一分足らずの出来事。暗闇でしばし呆然《ぼうぜん》としていた私も、ようやく我《われ》に返って電気をつけ、部屋の様子を確かめた。そこでやっと、彼が何にぶつかっていたのかがわかった。その日はたまたま長旅から帰ってきて疲れていたので、スーツケースを片付けないでそのまま入り口付近の床に置きっ放しにしてあったのだった。あの人影は真っ暗闇のなかでおそらくそのスーツケースや机に足をぶつけ、壮大な物音をさせながら帰っていったのだ。部屋を見渡してみると、何か盗られたような形跡はないのでほっとした（もちろんあの暗闇で何かを盗っていけたら称賛に値すると思う）。

事件のあらましは、寮の私の部屋の真上か真下に住んでいる住人が、酔っ払って夜中に帰ってきて、階を間違えて同じ作りの私の部屋に入ってきてしまった、ということなのだと思う。しかし、それにしても、なぜ彼は最初に部屋の電気をつけなかったのだろうか……。

次の日、友人たちにこんなことがあったと笑い話として報告をしたら、「酔っ払っていたその人にも問題があるけど、部屋に鍵をかけていないあなたはプリンセスとして無用心すぎる」と真顔で怒られた。ごもっともである。

日本にいたときは、自分の「家」はともかく、「部屋」に鍵をかけるという概念をもち合わせていなかった。自分が外に出かけるときはもちろん鍵をかけていたものの、自分が部屋にいるときは、住んでいる人はみんなマートンの学生だし、問題はないだろうと思って部屋に鍵をかける習慣がなかったのだ。それ以来、自分が部屋にいるときでも一応鍵をかけるようになった。

それにしても、あの侵入者はいったい誰だったのだろう。あのときの部屋のように、真相はいまだ闇に包まれたままである。

18

古琴之友

古琴之友（こきんのとも）

自分をよく理解してくれる友人のこと。中国の春秋時代、琴の名手伯牙《はくが》が自分の演奏をよく理解してくれた友人・鍾子期《しようしき》の訃報を聞いて琴の弦を絶ち、二度と弾かなかった故事に由来する。

お雑煮とスコーン

留学中は、ほんとうにたくさんの友人に恵まれた。困ったとき、悩んだとき、辛《つら》かったとき……彼らがいつも話を聞いてくれ、助けてくれた。孤軍奮闘せざるをえないことが多い留学生活のなかで、仲間がいてくれるのはほんとうに幸せなことだ。彼らのおかげで私は留学生活を楽しく乗り切ることができたと思う。この章では、まだ紹介していなかった愉快な仲間たちを三人ご紹介したい。

私はオックスフォードに住んでいたので、ロンドンに行くときは泊まる場所がない。友人・知人の家に投宿していたのだが、そのなかでいちばん気楽にのんびりとさせてもらっていたのが、ロンドンの西方イーリングにある民宿「M&K」。といっても、実際の民宿ではない。ロンドン在住の日本人、マキさんとケイスケさんご夫妻のお宅で、二人の頭文字をとって私が名付けたのである。

ご主人のケイスケさんは大英博物館の東アジア美術の修復工房「平山スタジ

オ」で働いている。日本画家の平山郁夫氏の支援によって設立された修復工房である。ケイスケさんは、大英博物館で正規雇用されている唯一の日本人職員。ご実家は山形の表具屋さんで、京都で修業をしていたときに大英博物館の公募に受かり、英国に渡ってこられた。

眼鏡《めがね》をかけていて背が高く、だいぶ伸びた髪に（無精《ぶしょう》？）髭《ひげ》を生やし、トレードマークの「五本指靴下」は大人気で、平山スタジオの皆が愛用するまでになった。初めて会ったときは、まだ英国に来られて二カ月目くらいのころだったと思う。英語もまだおぼつかない様子で、「お休みの日は何してるんですか？」と聞くと、「基本的にはひきこもり」だという。「せっかくロンドンにいるのにもったいない！」。ならばと、アジア・ウィーク（毎年十月ごろにロンドンではアジア関連の展覧会やオークション、講演会などが行われる）のイベントに連れ出したり、ロンドン大学で行われる日本美術の講演会を一緒に聞きにいったり。大英博物館では、お昼に待ち合わせをして職員食堂で食べたり、平山スタジオのキッチンにお弁当をもっていって、工房の人たちと一緒におしゃべりをしながら食べたりと、とても仲良くなった。

そんな彼もいまでは英語が流暢《りゅうちょう》になり、同僚や上司との交渉・議論を難なくこなしている。それをみて「はぁ〜、立派になったなぁ」と、お母さんのような気持ちになってしまうのである（ちなみにケイスケさんは私より七つも年上である）。

ケイスケさんは日本の掛け軸などの絵画修復の専門家である。修復に使う古糊《ふるのり》の清掃とか、作品の裏側を保護している紙をはがすとかいった、特別なタイミングで声をかけてくれる。そのおかげで、絵画の表側を学んでいるだけでは知ることのできない知識をいろいろ得ることができた。そのほかにも、アジア美術はもちろんのこと、イスラムや西洋美術の担当の人たちにまで私を紹介してくれた。紀元前エジプトのパピルスから十九世紀のフランスの版画まで、さまざまな作品の修理・修復現場など、普段はみることのできない場所をたくさん見学させてもらった。

そんなケイスケさんの奥さまはマキさんという。色白でとても綺麗なのだが、性格はとてもさばさばしていて、「男前」なよきお姉さんといった感じ。そして、彼女もまた変わった経歴の持ち主である。京都府宇治市の出身で、実家近くの有名な染織工房で機織《はたお》りの仕事をされていた。この工房のご主人が、一緒にフランスでのワークショップをお願いしたりするなど、私がいつもお仕事をさせていただいている吉岡幸雄《さちお》先生だった。マキさんと知り合ってからこのことを知り、お互いに「え〜っ!!」とびっくりした。ご縁というのはどこでつながっているかわからないものである。

そして、吉岡先生の工房で習得した機織りの技術を生かしてJICA《ジャイカ》(国際協力機構)のボランティアに入隊。頭を坊主にし、アフリカのガーナに機織りの技術を教えにいってしまったのだそうだ。その話を聞かされたときは、当時恋人だったケイスケさんもさすがに絶句したらしい。でも結局マキさんの気持ちは揺らがずに、日本人カップルが英国とガーナで数年間の超遠距離恋愛。その後二人は結婚し、ロンドン在住となった。

生まれて初めての「お正月気分」

民宿「M&K」に泊まるときは、いつもマキさんのおいしい手料理をご馳走《ちそう》になった。マキさんのお料理の腕はプロ級で、ケーキやパンはもちろんのこと、ロンドンに居ながらにしてごま豆腐やお豆腐、ヨーグルトまで手作りしてしまう。ガーナにいたときには納豆までつくっていたというつわものである。一緒にスーパーに買い出しにいき、ご近所のチャリティーショップをはしごして帰ってきて、お茶をしてほっこりすると、私は勉強。その間にマキさんがご飯をつくってくれ、ケイスケさんが帰ってくるのを二人で待ったりする。ほんとうに自分の家のようだった。

マキさんの料理でいちばん思い出に残っているのがお雑煮《ぞうに》である。論文執筆が佳境に入っていたので、年末年始日本に帰国せずに英国に残った年があった。

「お雑煮もお節《せち》料理もなくて、なんだかお正月が来た気がしないんですよね〜」

といったら、マキさんがお雑煮をつくってくれることになった。

ちなみにわが家のお雑煮は、一日がぶり、二日が白味噌、三日が鶏肉と野菜である。でも、本来皇室ではお雑煮は頂かない。花びら餅というごぼうと白味噌餡《あん》、小豆《あずき》の御餅を求肥《ぎゅうひ》で包んだ和菓子をご存じの方は多いと思うが、あれの原型である「御菱葩《おひしはなびら》」をお正月に頂くのである。白くて平らに延ばした丸い御餅の上に菱形の小豆の御餅、甘く煮たごぼうと白味噌が挟んである。白い御餅は「お盆」といって食べずに、中身だけ頂く。いまは新年に宮殿でしか頂かないが、戦前は各宮家でそれぞれおつくりになっていたものなのだそうだ。この御菱葩が私は大好きで、これを頂かないとなんとなく新年が来た気がしないのである。

山形出身のケイスケさんと京都出身のマキさん。お互いの実家のお雑煮にこだわりがあるので、両方つくってくれるという。山形のずいき入りのおすましのお雑煮と京都の白味噌のお雑煮。さらに、マキさんのおばあさまのご実家である香川風までつくってくれた。それは、あんこ餅を白味噌雑煮に入れる食べ方で、甘しょっぱくて私は好きな味だった。人の家のお雑煮を食べる機会というのはなかなかないのに、三種類のお雑煮を食べさせてもらい大満足。初めて食べる、わが家の味ではないお雑煮。お腹《なか》いっぱいお雑煮を食べて、食後にちょっとごろごろ。日本にいると毎年新年行事で忙しく、正月三が日から五日の父の誕生日までは、お年始のお客さまが大勢来られてゆっくりとしてはいられない。だからこのとき、生まれて初めての「お正月気分」を味わわせてもらったのである。

ジェイミーのスコーン

「英国のおいしいものといえば数限りない！」といいたいところであるが、残念ながら現実は正反対である。でも、数少ないおいしいものにスコーンがある。アフタヌーン・ティーでは、キュウリのサンドイッチやケーキと一緒に二〜三段重ねのティースタンドに載せて供される、ずんぐりむっくりの丸い焼き菓子。紅茶と一緒に供するクリーム・ティーもポピュラーである。クリーム・ティーといっても紅茶にクリームを入れるわけではなく、スコーンにクロテッドクリームとジャムを添えることからこのように呼ばれるらしい。

英国の人たちは、いろいろなことで論争をする。紅茶にミルクを先に入れるか、あとに入れるかはとても代表的なテーマである。

そして、スコーンにクリームを先に塗るか、ジャムを先に塗るかというのもよくあるテーマで、皆自分の主張を絶対に曲げないのである。スコーンを横半分に切って、クリームを先に塗るのがデヴォン式。ジャムを先に塗るのがコーンウォール式である。私はジャムが塗りやすいので、コーンウォール式の食べ方が好きだ。

いろいろなところでスコーンを食べてきたけれど、私が世界一おいしいと思っているのが、オックスフォードの友人、ジェイミーのつくるスコーンである。ジェイミーは私の寮の真向かいにあるニュー・コレッジのチャペルで働いている。まさしく典型的な英国人男性である。細くて背が高く、ちょっと気難しそうで、仲良くなるには時間がかかるけれど、とてもいい人である。マートンで考古学を勉強していたので、ニュー・コレッジよりはマートンのほうに思い入れがあるらしく、よくマートンのチャペルやMCR（大学院生用の談話室）に出入りしていた。

ジェイミーは、もともと最初の留学のときに寮の同じ建物にいたベネディクトの友達で、一緒によく遊んでいるうちに仲良くなった。ある日ベネディクトが「ジェイミーのところでお茶をするからお腹をすかせておいで。とんでもなくおいしいスコーンが食べられるよ」と声をかけてくれた。スコーンは大好きなので、お昼を控えめにして、オックスフォード市街から二十分くらい歩いたところにあるジェイミーの自宅に向かった。

そこでジェイミーが出してくれた焼きたてのスコーンは目が飛び出るくらいのおいしさだった。外はカリッと、中はしっとりしてほわほわ、ほんのりした甘さの加減も絶妙なのである。ベネディクトの友達たちはこのおいしさをよく知っているので、お昼を抜いてきて、一〇個以上食べた人もいるらしい。プレーン、シナモン味が基本で、ときどきリクエストに応じてチーズ味もつくってくれる。よくあるレーズン入りは「ジャムとの相性が悪い」という理由で頼まれてもつくらない方針らしい。

このジェイミーのスコーン、なんとか自分でも再現をしたいとレシピを教えてもらい、何度か友達も交えて料理教室をしてもらった。でも、教わったように日本でつくっても、どうしても同じ味にならない。材料が同じではないということも原因の一つだと思うが、あの味はやはり英国の空気とジェイミーの手あってこそのものなのだと思う。

オックスフォードやロンドンのような街は入れ替わりが激しく、仲良くしていても現地を離れてしまうと連絡が途絶えてしまうことがよくある。でも、ジェイミーは最初の留学のときも、二度目も、そしていまも変わらずオックスフォードにいてくれる。航海に出た船の乗組員が港の灯台をみてほっとするように、私もオックスフォードを訪ねてジェイミーに会うとほっとする。ジェイミーのスコーンは、まだ私の居場所がこの街にあるなということを感じさせてくれる、私にとっては特別な食べ物なのである。

19

傾蓋知己

傾蓋知己（けいがいのちき）

初対面で意気投合すること。初めて出会った者同士が、以前からの友のように親しくなること。「蓋」は馬車のほろ。路上で初めて出会った孔子と程子が、互いに馬車を止め、ほろを傾けて親しく語り合ったという故事に由来する。

スイスと私

私にはなぜかスイス人の友達が多い。きっかけをつくってくださったのはコレッジ・チューターのスティーヴ・ガン先生である。オックスフォードには、実際に論文等の指導をするアカデミック・チューター（指導教授）とは別に、コレッジ・チューターという制度がある。日本の大学とは異なり、オックスフォードで大学院生になると、学生は自分が所属しているコレッジとは別のコレッジに所属する先生につくことが多い。でもそれでは所属しているコレッジとの結びつきが薄れてしまうということで、自分のコレッジには、学術的な指導はしないけれど、折に触れて論文の進捗状況や、学校生活に不便がないかなどの相談ができる担当教員がいる。それがコレッジ・チューターなのである。

私の場合は、中世史が専門のスティーヴがコレッジ・チューターに決まった。一度目の留学のときもチューターをしてくださったので安心である。スティーヴとのミーティングはだいたい一学期に一度ほど。でも、ジェシカとの緊張感のあるチュートリアルとは違い、とても気楽なものである。いつもSCR（Senior Common Room）という教員の談話室でのランチに呼んでくださり、お昼を一緒に頂きながら、「最近調子はどう？」といった雑談をする。おいしい教員用のランチが頂ける貴重な機会だったので、楽しみなミーティングだった。

二度目の留学が始まって最初の学期。スティーヴと会い、自分がスコットランド史から日本美術に専攻を変えた理由を話したときのこと。「自分がコレッジ・チューターをしている学生で、マートンでは唯一美術史を専攻している女の子がいる。対象としている時代もアキコと同じ十九世紀だし、会ってみるといいよ」といってくれた。スティーヴは、その彼女にも同じように伝えてくれたようで、程《ほど》なくして「会ってお茶でもしませんか？」とメールが来た。そうして初めて出会ったのが、のちに私の留学生活になくてはならない存在となったカミラである。

カミラは、もともとサルディニア島出身のイタリア人。イタリア語圏のスイスに移り住み、マートンのスイス人対象の奨学金制度を使ってオックスフォードに留学していた。私の一年先輩だという。陽気なイタリア人気質のカミラは、明るく、よくしゃべり、よく笑う。一回目にしてすっかり打ち解けてしまったのだった。

奨学生のカミラは、月に一回ハイ・テーブルと呼ばれる教員と同じ夕食の席に着く権利をもっている。私のような普通の学生でも大学院生になると、申し込みさえすれば、一学期に一度ハイ・テーブルで食事ができる権利がある。そこで、日を調整して二人で一緒に行こうという話になった。

オックスフォード伝統の社交場

ハイ・テーブルについては前にも少し触れたように、コレッジの食堂にある一段高くなった場所にあるダイニング・テーブルのことである。土曜日を除く毎日、マートンではハイ・テーブルのディナーがあり、ガウンに身を包んだ教員たちが集まって食事をする。まずは前室に集まり、シェリーやオレンジジュースなどを飲みながら雑談をして待つ。開始の時間が来ると学長から順番に食堂に入り、自分の名前の置かれた席に着く。学生で一番の成績優秀者がお祈りの言葉をいい、そのあとに食事が始まる。前菜、メイン、デザートという構成は、一般学生の食事と同じだが、メニューは全然違う。教員用の食事はレベルが上で、食材もカモ、シカ、舌平目《したびらめ》など、高級食材が使われるし、味も格段に良い。食事に合わせてワインも供される。学長が毎回席を決めることになっていて、普段あまり面識のない先生たちとお話ができるのも楽しい。

食事が終わるとお祈りがあり、いったんお開きとなる。そして、セカンド・デザート（文字どおり二回目のデザート）に行く人は自分の使っていたナプキンをもって別室に移動する。ガウンを脱ぎ、食事のときとは別の人たちと座る。テーブルの上には、チョコレートや果物が並んでおり、各自お皿を回して好きなものを取るのがルール。一緒にポートワインも回ってくるので、それらを自分の席で止めずに隣の席の人に渡しつづけなければならない。セカンド・デザートの席では、それらのお皿やお酒がぐるぐると四周くらい回ってくるのである。

私はお酒がほとんど飲めないので、ひたすらお水を飲みつづけるのだけれど、食前酒から始まり、本席、別席と飲みつづけたらかなりのアルコール摂取量になるはずだ。でも、こういった席でへべれけに酔っぱらっている人はみたことがない。そこはやはり紳士の国と呼ばれるゆえんなのであろう。

よい頃合《ころあ》いになると、三々五々《さんさんごご》席を離れる。そのまま帰る人もいれば、また席を移ってお茶やコーヒーを飲む人もいる。こうしてハイ・テーブルの夜は更《ふ》けていくのである。七時前から始まるこの食事は、気づけば十一時近くになっていることもある。いわば古き良きオックスフォード伝統の社交の時間。毎日これを続けたら、胃も研究もたいへん困ったことになるけれど、一学期に一度くらいは自分へのご褒美《ほうび》のつもりで出かけるのもよいものなのである。

四人のスイス人

つい余談が長くなってしまったけれど、カミラとの話題に戻りたい。ある日のハイ・テーブルに彼女と出かけたときの話である。カミラがもらっているスイス人対象の奨学

金は毎年一人枠があり、カミラの上には先輩がいた。それがドミニクである。この私にとって初めてのハイ・テーブルの席で、たまたま隣に座ったのが彼だった。ドミニクはベトナムの人類学を専攻していて、スイスの首都であるベルン出身。おしゃべり上手で聞き上手。カミラと同様にあっという間《ま》に意気投合した。

聞けば、ドミニクにはバーバラというスイス人のパートナーがいるという。二人はベルンから電車で二時間弱のウェンゲンというスキー・リゾートにある古いホテルの従業員宿舎を安く買い取り、研究者が休暇を過ごすことのできる施設にしようとリフォーム中なのだそうだ。私が指導者の資格をもつほどスキーが好きだという話をすると、その家からスキー場は目と鼻の先だから、絶対に遊びにくるようにと誘われた。さらに、スイスといえばチーズ・フォンデュも大好きだといった。すると、スイス人でもヘビーだからあまり好きではないという人が増えてきたそうで、「日本人のアキコが好きだというのはとても嬉しい」と喜んでくれた。そして、それならばチーズ・フォンデュを食べる会を企画しようという話になったのだった。

ハイ・テーブルの会から約二カ月がたったころ、チーズ・フォンデュの会が開催される運びとなった。会場はカミラの家。そこで彼女はパートナーのクリスと一緒に住んでいるのである。参加メンバーは、カミラ、クリス、ドミニク、バーバラ、私の五人。クリスはドイツ人だが、ベルンで勤務していたことがあり、ベルン訛《なま》りのスイスジャーマンを操る。つまり、四人ともほぼスイス人といってよいなかに、日本人の私が一人。でも、クリスはアシュモリアン美術館で版画専門の学芸員をしていたし、バーバラの専攻は博物館学。みな興味が似通っていて、共通の話題が多い。この四人のなかにいると居心地がよく、一度も自分だけが異質だと感じたことはなかった。

イタリア人らしくおおらかなカミラと、ドイツ人らしく細かいクリス。二人のやりとりは漫才のようで楽しいし、すでに博士号をもっているクリスからはときに厳しいアドバイスをもらうこともある。大学時代からの十年以上の付き合いであるドミニクとバーバラのカップルもとても自然体で、研究の話や指導教授の愚《ぐ》痴《ち》などをいい合える、オックスフォードのお兄さん・お姉さん的存在であった。このチーズ・フォンデュの会は冬になるとたびたび開催され、振り返ってみると四人とは一年を通してほんとうによく一緒に過ごしたと思う。

アルプスでの休暇

出会ってから約一年。ドミニクとバーバラのウェンゲンの家の改装もようやく目途《めど》がつき、ほんとうに遊びにいくことになった。イースターのお休みに、論文書きを兼ねて一週間ほどお邪魔させてもらうことにしたのである。チューリヒ空港までドミニクが迎えにきてくれて、三時間ほどの列車の旅。雄大なアルプスの景色に大興奮しながらアルプスの山間の村ウェンゲンに向かう。ウェンゲンはカー・フリーの村として有名である。つまりガソリン車で乗り入れできないことになっている。町を走る車は二台のタクシーと電気自動車のみ。ハイジの世界がそこにある。

改装した二人の家は、スキー場のピステがちょうど途切れるあたりにあった。雪が多いときはスキーを履《は》いたまま帰ってくることができる、スキーヤーにとっては最高のロケーション。従業員宿舎らしく何室もあるので、部屋は選びたい放題。業務用の厨房《ちゅうぼう》があり、料理をするのも楽しい。毎日朝起きたときの気分で、スキーに行こうか、お散歩に行こうか、今日は論文を書く日にしようか、などと考えるのんびりとした休暇だった。

アルプスの山々を背景に、日本では経験できない壮大なスキー、何百メートルもある崖を雪崩《なだれ》が落ちていく音、お散歩の途中で突然遭遇したアイベックスの群れ、バーバラが日曜日に焼いてくれる三つ編みのパン、庭に机と椅子を出してアルプスの大自然のなかでの論文書き。いま思えばほんとうに優雅な時間の使い方をさせてもらったなぁと思う。

ウェンゲンでの思い出は多々あるなかで、一つ記憶に残る出会いがあった。ミューレンという村に行ったときのことである。ミューレンは、ウェンゲンと同じく自動車の乗り入れが禁止されている地区である。そもそもケーブルカーを使わないと入ることはできない村だから当然といえば当然である。しかし、アイガー、メンヒ、ユングフラウというオーバーラント三山を望める壮大な景色をみるために、季節を問わず多くの観光客が訪れる有名な村だ。

ケーブルカーの駅でうろうろしていると、ドミニクが「日本の旗があるよ」という。近づいてみると、困難な登山ルートとして知られるアイガーの北壁を日本人が登頂した際の登山用品や写真などが展示されていた。こんなところで日本人に出会えるとは嬉しいなぁと思いながら写真をみていると、なにやら見覚えのあるお顔が目に飛び込んできた。なんとそれは、祖母とまだご結婚前の叔母がミューレンを訪れられたときのものだったのである。口をパクパクしながらドミニクに、「これ私のおばあちゃま」と告げると、ドミニクも「え〜!」である。スイスに行く話は祖父母にはしていなかったし、ミューレンご訪問のお話も一度も聞いたことはなかった。意外なところで自分の家族の歴史を知り、なんだかとても嬉しくなって、ミューレンから祖父母に絵葉書を送った。

オックスフォードでスイス人の仲間ができ、スイスを訪れ、旅先で身内の足跡に出合うことができた。いま振り返ってみても、ただの偶然とは私には思えないのである。

20

忍之一字

忍之一字（にんのいちじ）

何かをやり遂げるために最も大切なことは、耐え忍ぶことであるという意味。中国北宋の人・呂本中《りよほんちゆう》が著わした役人の心得集『官箴《かんしん》』にある言葉「忍の一字は衆妙の門なり」に由来する。

理解できない英国
あれこれ

イタリア人は情熱的、ドイツ人は生真面目《きまじめ》、アメリカ人は陽気など、ひと言で国民性を表現することがよくある。六年間英国に住んだけれど、英国人をひと言で表現できる形容詞を探すのはなかなか難しい。それでも、「あぁ、英国だな」「英国人っぽいな」と思うことはいろいろとあるので、そのお話をしようかと思う。

英国にいるアジア人は若くみられがち。私は背が低く顔が幼いので、まず年相応にはみられない。海外で、初対面の人物に実年齢を当てられたことは一回もなかったように思う。ある年の年末のオックスフォード。大学は休暇中で大学の寮はひっそりと静まり返っている。オックスフォード大学の学部生は学期が終わるとすぐさま荷物をまとめて部屋を出なければならないので、寮には私のような大学院生しかいなくなるのである。

仲良くしていた学部生の友人が自分の部屋でクリスマスパーティーをするというので誘われたことがあった。遊びにいくと、彼女の友人が大勢集まっている。そのうちの二十歳《はたち》そこその女の子が不思議そうな顔をして、「なぜ学期が終わったのに寮にいるの?」と私に聞いてきた。「ああ、私大学院生だから」と答えると、「冗談でしょ?」といわれ、「え、私二十四歳だけど」といったら彼女は言葉を失った。自分より私が年下だと思っていたらしい。そこまでショックを受けられたら、私のほうがショックである。

そういうわけで、私は実年齢よりそうとう若いと思われる。それで困るのがお酒を買うときである。私はお酒がほとんど飲めないので自分で飲むことはないのだが、パブで友達の分のお酒を注文したり、友達を招いて食事をするときにお酒を買いにいったりすることがある。そうしてお金を支払うときには十中八九、身分証明書の提示を求められるのである。

オックスフォードにあるスーパーマーケットでワインを買おうとしたときのこと。身分証明書の提示を求められたので、生年月日が掲載されている国際学生証をみせた。すると、レジのおばさんは、「うちはパスポートか免許証しか身分証明書として認めていないから、この証明書では売れない」というのである。日本の免許証はもっているが日本語なので意味がない。パスポート（というか私のは外交旅券だけれど）は失くしたら困るのでもち歩いていない。いくら使えなくても、記載された私の生年月日に嘘はない。国際学生証を盾に説得を試みたが頑《がん》として受け付けてくれない。仕方がないのでその店でワインを買うのをあきらめて、ふつふつとわく怒りを抑えながら、もう一つある同系列のスーパーに行った。レジでワインを差し出す。すると「あなたいくつ?」とレジのおばさんが聞くので、「二十七歳ですけど」といったら、「OK!」といって袋に入れてくれた。同じ名前のスーパーでなぜこうも違うのか。融通《ゆうずう》が利《き》くときと利かないときの差が激しい国、まさに英国である。

水と熱湯

英国の水道の蛇口《じゃぐち》にはたいてい二つの口がある。水とお湯で二つである。そして、出てくるお湯はご丁寧にこれ以上ないほどの熱湯である。私の友人の言葉を借りていうならば、〝Bloody hot!!（すさまじく熱ぃ！）〟なお湯だ。

それでも蛇口が別々になっているのならばあきらめもつく。手が熱湯を浴びてやけどをしても、それは蛇口をひねった人間の責任なのだ。それよりもたちが悪いのは、蛇口が一つになっているタイプ。蛇口が一つならばお湯と水の量を調節すれば、ちょうどいい熱さのお湯が出てくると思われるかもしれない。しかし、この蛇口、そうはいかないくせものなのである。出てくる口は一つでも、その口が真ん中で仕切られており、熱湯は口の左側から、水は右側からしか出てこない。日本のように、蛇口から出る前にお湯と水は混ざり合ってはくれないので、温かいお湯が蛇口から出てくることはないのである。

この二つの蛇口問題について、なぜこういう仕組みになっているのか英国人の友人たちに尋ねたことがある。でも、彼らは私がなぜそのような質問をするのかもわからないし、あの蛇口が不便だという発想もまったくないらしい。意味のわからない質問をする子だと思われて終わりだった。

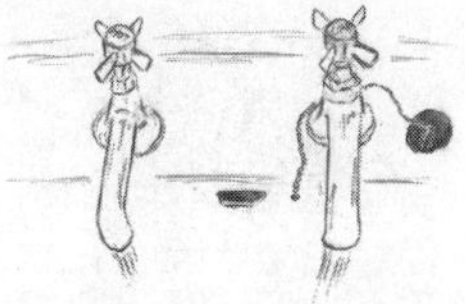

聞くところによると、この蛇口が存在できる理由の一つに、英国では食器を洗うときに「すすがない」ということがあるようだ。シンクに栓をして、お湯と水を調整しながら溜《た》め、食器用洗剤を溶かして、その中でスポンジを使って食器をわしわし洗う。そして、洗剤の泡が付いたまま水切り籠《かご》に置き、そのまま布巾《ふきん》で拭いてしまうのである。初めてこの光景をみたときは言葉を失った。英国に留学したことのある日本人が口を揃えて「理解できない」というこの国の風習の一つである。

友人の部屋や家に遊びにいって紅茶などを出されると、うっすら表面に洗剤らしきものの膜が張っていることがある。それを発見すると、「あぁ～」と少し涙したくなる気持ちになる。でも、「きっとお腹《なか》に入ってもそんなに害のない洗剤を使っているに違いない」と自分にいい聞かせ、笑顔で紅茶を頂くのである。よくよく考えてみると、私も英国に行って随分強くなったものだ。

バスの話

前の章で、悪名高き「英国の電車」の話を書いたが、「英国のバス」もなかなかに悪名高い。私は閉ざされた空間にいるのがあまり得意ではない。そこで、ロンドン市内での地下鉄の利用はできるかぎり避けて、代わりに外の景色がみえて気持ちがいいバスを利用していた。でも、このバスもしょっちゅう問題が起こる。

バス停でいくら待っても来ず、ようやく来たら二台続けて同じ番号のバスが来たりするのは日常茶飯事《さはんじ》。「〇〇行き」と表示が出ていても、目的地の手前で「車庫に戻ることになった」と止まり、全員降ろされたりすることもよくある。それでも、京都のバスのように後払いならよいけれど、ロンドンのバスは先払い。次のバスの運転手さんに前のバスが止まったことが伝わっていないこともあるので、乗せてもらうために交渉が難航することも珍しくない。ともかく、何か問題が起こったときはこの上なく面倒なのである。

ある日、ロンドンで弁護士の仕事を始めたフレッドの誕生日会に行くことになった。フレッドはホランド・パークという地域に住んでいたので、私はオックスフォード・ストリートのセルフリッジというデパートの前で九四番のバスを待っていた。十分おきに来るはずのバスなのに三十分待っても一向に来る気配がない。雨が降っているし、体が濡《ぬ》れてしんしんと冷えてくる。約束の時間にも遅れている。仕方がないので、ホランド・パーク駅の一つ手前のノッティングヒル・ゲート駅までしか行かない三九〇番のバスに乗り込んだ。

バスが発車してしばらくすると、あれだけ待っても来なかった九四番のバスが目の前を走っているではないか。どうやら、何らかの事情でオックスフォード・ストリートを迂回《うかい》して、セルフリッジの角からまたオックスフォード・ストリートに合流しているようだった。数十メートル先のバス停まで歩いていたら、私は目の前の九四番のバスに何の問題もなく乗り、時間どおりに誕生日会の会場にたどり着けていたはずである。ノッティングヒル・ゲートでバスを降り、雨の中をひとしきり歩き、フレッド宅にたどり着いたときには頭の先からつま先まで冷え切っていた。

こんなこともあった。大英博物館で仕事をし、セント・ジョンズ・ウッドという場所にあるカトウ家に向かう途中だった。カトウさんのお宅は、私が留学中よく泊めていただいていたお宅の一つ。学習院の女子部で同級生だったレイちゃんが、お父さまのお仕事の関係で一時期ロンドンに滞在していたのである。レイちゃんが日本に帰ったあともときどき泊めていただき、ほんとうにお世話になった。

カトウ家に行くときは、大英博物館からオックスフォード・サーカスまで歩いて、そこからカトウ家のすぐ近くまで行くバスに乗ることにしていた。オックスフォード・サーカスにたどり着くと、乗りたいバスが通るはずのオックスフォード・ストリートが完全に封鎖されている。「これは困ったことになった」と、閑《かん》散《さん》としたオックスフォード・ストリートをカトウ家の方向に向かって歩きながら、レイちゃんに電話をした。レイちゃんいわく、地下鉄に乗ってもいいが、そのとき私はすでにボンド・ストリート駅がみえる位置まで歩いてしまっていたので、そこまで行ったらマーブル・アーチ駅の前の大きなスーパーの角を曲がったところにあるバス停からバスに乗れるはずだというので、とりあえずそのまま歩いた。バス停にたどり着くと、たくさんの人が待っていた。でも来るはずのバス

は一向に来ない。呆然《ぼうぜん》とした気持ちであたりを見回すと、見覚えのある人が目の前を通った。レイちゃんのお姉さんのマイちゃんだ。「マイちゃん!」と思わず叫んで呼び止め、状況把握に努めたがよくわからない。結局カトウのおじちゃまが近くまで車で迎えにきてくださり、家には無事たどり着くことができた。

日本でこういった事態が起こったら、どうしてそんなことになったのかの説明と一緒に「〇人の足に影響が出ました」とかニュースになるだろう。でも、ロンドンではニュースにもならないし、係員が奔走《ほんそう》することもないし、別ルートを教えてくれることもない。でも、そこは自己責任が基本の国。英国では、来ないバスを待ちつづけるかどうかも自己責任なのである。

危うく一大事

ロンドンでバスに乗っていたときのこと。二階建てバスの一階のいちばん後ろの席に座っていたのだが、いきなりすぐ後ろで「どしっ」と音がしてバスが揺れた。後ろを振り返ってみると、後ろのバスのドアミラーが、私の席の真後ろに突き刺さっている。すると、乗っていたバスの運転手さんも後ろのバスの運転手さんも、「ああ、やっちゃった」というような感じでのろのろとバスから降り、証拠を保存する必要があるのか、刺さったドアミラーを笑いながらデジカメで撮影していた。呑気《のんき》なものである。そのあと、「事故を起こしたので、このバスはここまで。降りてください」と悪びれる感じもなくバスを降ろされた。

もう少し後ろのバスがスピードを出していたら、ドアミラーがボディーを貫通して私も怪我《けが》をしていたかもしれない。そこで、警察庁からの出向で在英日本国大使館で私の担当もしてくれていたシライさんに「こんなことがありました」と証拠写真も添付してメールを送った。当然のことながらすぐに返事が来て、「お怪我はなかったんですよね⁉」と、とてもとても焦《あせ》っておられたのだった。

このように日本では考えられないようなことが日常的に起こる英国。初めは驚いたり、いらいらしたりしてしまうのだが、一度慣れてしまうと逆に日本が便利すぎると感じてしまう。不思議な国である。

21

当機立断

当機立断（とうきりつだん）

機会をとらえて素早く決断すること。「当機」は時機・機会に臨むこと。「立断」は即刻、ただちに決断すること。

修士課程から博士課程へ

ご存じの方もおられると思うが、私が二度目の留学をしたときの記者発表では「オックスフォード大学の修士課程に入学するための二年間の留学」との説明があった。でも、結局留学期間は五年に及び、最終的には修士号ではなく博士号を取得して帰国することになった。この章ではチュートリアルの厳しさの話を交えながら、そのわけを少しお話ししたいと思う。

オックスフォード大学に入学したときは、Probationer Research Student（研究見習生、以後PRSと略す）という身分だった。英国の大学の修士課程は、授業・試験・論文を一年間のうちに修了させるコースが多いのだけれど、私の入ったコースは二年間である。まず一年をかけて修士論文の一部を書き、そこで一度Viva（ヴァイヴァ）と呼ばれる口頭試問を受ける。その出来次第で、「修士課程の学生となり、一年後に修士号（M. Litt.）に挑戦する」か、もしくは「博士課程の学生に昇格し、それから二年くらいをかけて博士号（D. Phil.）に挑戦する」か、を決めるというものである。父と相談した留学期間が二年間であるし、修士課程に上がり、修士論文を提出して、無事に修士号を取得できれば御《おん》の字《じ》と思っていた。博士号のことはまったく頭になかったのがほんとうのところである。

ＰＲＳとなって一年目の学期中はオックスフォード市内に住むことが義務付けられている。私の場合は一週間に一度、コレッジでジェシカのセミナーに出て、大英博物館でティムとチュートリアルをする。そのほかの時間は史料収集をしながら論文を書き、一カ月に一度くらいのペースでジェシカとチュートリアルをする。そこで論文の進捗状況を報告するのである。

このチュートリアルというのがなかなかの難関である。ジェシカはとにかく忙しい人なので、彼女の時間を無駄にすることは許されない。「前回のチュートリアルから何も進んでいない」なんてことはあってはならないのである。そのために、考え、調査し、ひたすら文章を書く。その日が近づくにつれて、憂鬱《ゆううつ》な気持ちになり、ため息が増える。いままで何回あったかわからないチュートリアルのなかで、意気揚々とジェシカのもとへ向かうことができたなんてことは、一度たりともなかった。

とにかくジェシカという人は頭のいい人である。どんな構造になっているのかみてみたいと思うくらい、彼女の頭の中にはものすごい量の知識とアイディアが詰まっている。そして、自分ができることは他人もできて当然と思っている。だから(言い方が少々悪いかもしれないが)、できない人の気持ちは絶望的に理解できないのである。「○○美術館の××コレクションについて調べなさい」「△△の本を読みなさい」「□□先生に話を聞きにいって、このあたりの理論も取り入れて……」などなど。どれも素晴らしい提案である。それをすべて盛り込めたらきっと充実した論文になるに違いない。その場では、「なるほど」と思って家に帰る。でも、あとで冷静になって考えてみると、私の小さな脳みそでは「そんなこと全部やっていたら何年かかっても書き終わらない……」となってしまうのだ。

そういうわけで、ジェシカとのチュートリアルが終わって部屋に戻ると、チュートリアル前とはまったく別ものの不安が頭を埋め尽くしている。最初のころは、いわれたことを全部やってみようとして、頭から煙が出て完全にオーバーヒート。でも、しばらくするとあることに気が付いた。彼女の専門は中国美術。私

ことが、私にはさほど重要と思えないことがあるし、その逆もまたしかり。さらに、多忙なジェシカは自分がいったことを次に会うときには覚えていないことがよくある。ジェシカの言葉は、アドバイスであり命令ではない。自分が大切だと思うことを選び、取捨選択しながら、自分の納得のいく論文をつくり上げていったらよいのでは、と思えるようになったころから少しだけ気持ちが楽になった。

とはいえ、チュートリアルは定期的なイベントなので、準備さえきちんとすればどうにもならないことはない。それ以上に怖いのは、忘れたころに突然やってくる「ジェシカの旅行」である。学長としての業務で多忙なジェシカは、チュートリアルの時間以外に落ち着いて学期中に学生の論文と向き合う時間はほとんどない。でも、学会や中国への調査などの移動中に時間をつくって論文を読んでくれる。いや、教師として読まなければいけないと思ってくれているらしい。一度の旅行時に担当する学生全員分（当時は大学院生が一〇人強いただろうか）の文章を読む時間はないので、だいたい三人くらいが旅行の出発前までに論文を提出するよういわれるのである。

このイベントはジェシカからの指名制なので、「ジェシカの旅行」が決まったという噂が流れると皆戦々恐々《せんせんきょうきょう》である。全員の頭の中で、誰が指名されるか、いま自分が取り組んでいる課題はどれだけ進んでいて、出発までに書き上がるか……といったことがぐるぐると回る。そして、ジェシカから三人の名前が発表されると、「あぁ」とか「はぁ」とか、そこかしこから声が洩《も》れるのである。

ジェシカからご指名を受けた学生は、彼女の出発まで部屋に引きこもってひたすら論文を書くことになる。論文の一章分を丸々出すときもあれば、セクションだけになってしまうときもある。締め切りは出発前日の夕方まで。私の場合は、間違いだらけの文法の文章を送ってしまってはいけないので、提出前には必ず大英博物館の同僚のロジーナに英語のチェックをしてもらう。その時間を考えると、かなり余裕をもって論文を書き上げなければいけなかった。

あとで聞いた話だが、ジェシカの学生は誰でも一度か二度はこの締め切りに間に合わなかったり、提出をしても中途半端だったりということがあるのだという。でも、私は日本人だからだろうか、締め切りを守れなかったことは一度もなかった。博士課程を終えてしばらくしたころにジェシカにいわれたことがある。

「アキコは、私が出した課題をすべて時間どおりに提出することのできた唯一の学生なのよ」

先日英国出張中にジェシカに会う機会があったが、そのときもいまだにその記録は破られていないといわれた。日本人の考え方からすると時間を守るというのは至極《しごく》当然のことなのであるが、世界的にみるとこれはすごいことらしい。なによりも、オックスフォード大学一厳しいといわれているジェシカの記憶に残る学生でいられるというのは嬉しいことなのである。

寝耳に水の提案

さて、チュートリアルの話が長くなってしまったが、オックスフォード大学の博士課程の仕組みのお話に戻りたいと思う。PRSとして入学した一年目の三学期目、学生は「トランスファー（Transfer）」と呼ばれるVivaの申請をすることになる。論文の章立てと要旨、論文の一部（だいたい一章分で、五〇〇〇～一万語）を提出し、試験官がそれを読んで、口頭で試験を行うというものである。六学期目（二年目の最後の学期）までにこの試験に合格していないと、終わる見込みがないと判断され、退学になるという厳しいものである。

Vivaの試験官は二人。オックスフォード大学内部の先生から自分で選ぶ。ジェシカと相談の結果、みーちゃんを紹介してくれたセント・アントニーズ・コレッジのロジャー・グッドマン先生と、オックスフォード大学に付属するアシュモリアン美術館の日本美術担当のクレア・ポラード先生に決まった。ロジャーもクレアも知り合いだし、二人がいい人なのも知っている。でも、試験となると話は別である。提出から数週間後のVivaの日。重い足取りでセント・アントニーズ・コレッジのロジャーのオフィスに向かった。

ノックすると、「どうぞ」と快活なロジャーの声。ドアを開けると私の論文を手にした試験官が二人。いつものように「整然と散らかっている」ロジャーの部屋。オックスフォード・スタンダードではとてもきれいな部類に入る部屋だ。いつもと違うのはクレアがいること。緊張が一気に高まる。私の顔をみてそうとう張り詰めた様子だったのがわかったのだろう、ロジャーは笑いながら「心配することはないよ」といってくれた。試験が始まる。論文に書いたことの基本的な事実関係の確認から、要点、議論の組み立て方など、いろいろと細かな質問をされる(緊張していたのでどんなやりとりがあったかはあまり覚えていない)。一時間ほどたったとき、ロジャーがふとこういった。

「なぜ、アキコはこの論文で修士号を取ろうとしているのか?」

いい換えれば、「なぜ博士号に挑戦しないのか」ということである。もちろん、私のPRSという立場であれば、頑張れば博士号に挑戦できるということは知っていた。でも、成年皇族としての義務があるなか、日本を離れるのは二年ほどが限度だろうと考えてもいた。日本を出るときには家族にも宮内庁にもそのように説明をしてきた。私が研究しているウィリアム・アンダーソンの日本絵画コレクションを扱うだけでは、テーマが狭すぎる上に史料が不足するので、博士論文になりえないこともわかっていた。だから、修士論文として一区切りにするのがふさわしいと思い、これまで修士号をめざしてきたと正直に答えた。

するとロジャーは「せっかく面白い研究テーマなんだし、権利のある博士号にあえて挑戦しないのはもったいない。修士号の正式な学生にするのはいったん棚上げにしよう。博士論文の構想を練って、もう一度博士号に挑戦するためのVivaを受けてみてはどうだろう?」と勧めてくれたのである。

修士で終わらせるつもりだった私にとっては寝耳に水の提案で、とにかくびっくり。でも、私の研究の広がりに期待してくれたからこその言葉であるわけで、それは素直に嬉しかった。でも、まずはジェシカと父に相談しなければ始まらない。「一度考えさせてください」と口頭試問の場をあとにしたのだった。

翌日、ロジャーから事のあらましを聞いていたジェシカは、「アキコがやるというのであれば自分は喜んでサポートする」といってくれた。次は父。最初は留学期間を延長するということに難色を示されていたが、最終的には「それがおまえのほんとうにやりたいことなのであれば」と認めてくださった。

さて、それが決まってからは大変である。もともと修士論文を書くつもりで史料収集をしていたのである。博士論文となれば、構想からすべて考え直さなければならない。いろいろな先生方や友人たちのアドバイスを聞きながら、新たに論文の骨子をつくり上げ、書き直した論文をもう一度ロジャーとクレアに提出。今度はすんなり口頭試問に合格し、二〇〇六年六月、私は無事、博士課程の学生となったのである。

22

随類応同

随類応同（ずいるいおうどう）

人の能力や性質に応じて、それ相応に指導すること。「類に随《したが》い同に応ず」と訓読する。もと仏教用語で、仏が人の心や性格、素質などの種類に応じて説法したことに由来する。

スーパーアドバイザー

英語で、指導教授のことをsupervisor（スーパーバイザー）という。私にはジェシカとティムという正式なスーパーバイザーのほかにも、super advisor（スーパーアドバイザー）と呼ぶべき人びとがいた。

オックスフォード大学で日本美術を専攻していたのは私一人だった。中国美術や考古学専攻のジェシカのセミナー仲間はいたけれど、専門が違うので論文の内容を相談できる人はほとんどいない。では、英国における日本美術研究の中心はどこかというと、大英博物館のお隣にあるロンドン大学SOASだろう。アジア・アフリカ研究では世界的に有名な大学で、じつはオリエント研究を専門とされる祖父も一九七〇年代にSOASの客員教授を務められたご縁があり、いまも名誉研究員として名を連ねておられる。英国で唯一、日本美術史を専攻する学科があり、ティム・スクリーチ先生とジョン・カーペンター先生の二人がその学科の担当だった。ティムの専門は江戸時代の美術全般。ジョンの専門は平安時代の天皇の御宸翰《ごしんかん》から江戸時代の版画や摺《す》り物まで幅広い。ジョンはたびたび登場しているシンヤさんの指導教授で、数年前にニューヨークに移られて、現在はメトロポリタン美術館の日本美術担当の学芸員をされている。ティムとジョンはオックスフォードでの私を取り巻く研究環境の問題を知ってか、SOASのセミナーに呼んでくれたり、日本美術専攻の学生さんたちを紹介してくれたりした。

ティムの江戸絵画のセミナーはエネルギッシュでスピード感があり、議論も活発で刺激的である。一方、ジョンのくずし字の授業は、さまざまな古筆切《こひつぎれ》を丁寧に読み進めていくというもの。当初はアメリカ人の先生にくずし字を習うことに違和感があったのだけれど、読めないこちらが恥ずかしくなるくらいにジョンはくずし字がよく読める。苦手だったくずし字を読むことに抵抗がなくなったのは、彼に読み方を教わった経験が大きいと思う。

SOASでは授業やセミナー以外にも政治・経済・文学・歴史・美術など、さまざまな日本研究を専門とする先生の招待講演会が行われていた。世界の第一線で活躍する研究者の最新の取り組みを聞くことができるのはとても貴重な機会だ。そして、参加回数を重ねていくごとに顔なじみも増え、SOASもまた私の

「ホーム」の一つとなった。日本近代史が専門のアンガス・ロッキャー先生、近世文学のドリュー・ガーストル先生、仏教史のルチア・ドルチェ先生、近代文学のスティーヴ・ドッド先生など、英国の日本研究を代表する先生たちに知り合ったのが、ここSOASだった。オックスフォード大学の図書館は日本美術関連の蔵書も少ないので、途中からはSOASの図書館を利用する機会も増えた。こうして週に一度は大学に現れる私をみるたびに、先生方には「アキコはSOASの学生みたいだ」とか、「SOASで博士課程をすればいいのに」などといわれるようになっていった。

スーパーバイザーとスーパーアドバイザーは何が違うかというと、接するときのこちらの気持ちのもちようである。ジェシカの恐ろしさはいままで書いてきたとおりだし、大英博物館のティムもプライベートな話ができるようになるまでには時間がかかった。それに比べてSOASの先生たちとは師弟関係もないし、最初から友達付き合いである。先生と学生という関係ではあるけれど、大学院生ともなれば研究者仲間の先輩・後輩として扱ってくださる。たくさんの先生のなかでもとくに親しくなった二人の先生がいた。ここからはその二人についてお話ししようと思う。

一人目はティム・スクリーチ先生。ティムは大英博物館のティムと同じく、私が学習院大学でお世話になった小林忠先生の教え子である。日本的にいえば私の「兄弟子《あにでし》」にあたる。彼との出会いは留学前のことだった。たまたま来日していたティムが小林先生のゼミの調査に参加したことがあり、「ロンドンでお世話になるでしょうから」と小林先生が私を彼に紹介してくださった。筋骨隆々《りゅうりゅう》で坊主頭《ぼうずあたま》にぱっちりとした大きな目という風貌のティムは、日本美術史の専門家というよりもジムの人気インストラクターという雰囲気。口を開くと流暢《りゅうちょう》な日本語が飛び出してくるが、大英博物館のティムの上手《うま》さとはひと味違う。そう、最初の印象は、「なんだかこの人江戸っ子っぽい」だった。「てやんでぃ」「べらぼうめぃ」などということはないのだけれど、醸《かも》し出す空気感が「江戸っ子」なのである。その言葉の雰囲気といたずらっ子のような表情がマッチしていてとても魅力的な人だ。

大学では、ジャケットを着るなどして、わりとちゃんとした格好の先生が多いなか、ティムはいつもカジュアル。夏場はTシャツと短パンにサンダルで授業をしていたりする。SOASの学位授与式の日、ハーバード大学の素敵なガウンをまとったティムの足元にサンダルがみえたときには笑った。そんな彼のジャケット姿をみることは年にたった数回しかない。ある有名教授の招待講演を聴きにSOASに行くと、「司会をしなければならないから」と珍しくジャケットを着たティムに出会った。本番の会場に行くと、ティムがついさっきみたジャケットを着ないで登壇した。「あれ?」と思い、講演終了後に「ジャケットはどうしたの?」と聞いてみると、落としたものを拾おうとして体をかがめたら、ジャケットの背中の部分が真っ二つに「パーン」と裂けてしまったのだという。そこにいた皆から「身体《からだ》を鍛えるのも大概にしなさいよ」と苦笑いされていた。こんな冗談のようなエピソードが「ティムらしいね」で片づけられてしまう、そんな愛すべき人なのである。

ティムは自分の学生に対しては放任主義である。質問があれば答えてくれるが、ジェシカのように積極的にあしろこうしろといってくれるわけではない。ティムと会って話をするときは、ほとんどは研究とは関係のない雑談だった。でも、そんなティムから、博士論文の方向性を大きく変える貴重なアドバイスをもらったことがある。

日本・アメリカ・ヨーロッパの日本美術専攻の博士課程の学生を集めたワークショップがロンドンで開催されたときのことである。そのときの私の研究発表は、大英博物館のウィリアム・アンダーソン・コレクションと、ボストン美術館のアーネスト・フェノロサ・コレクションについて。

十九世紀末に形成されたこの二つの日本絵画コレクションを比較検討し、蒐集《しゅうしゅう》の意図や、その背景の違いを明らかにするというものだった。当日の都合で参加できなかったティムに私の発表原稿を送った。ティムから返ってきた短いメールにはこんなことが書いてあった。

「アンダーソンがフェノロサに比べて平均的にさまざまな画派の作品を蒐集しているというのは、十九世紀にヨーロッパを席巻《せっけん》したダーウィニズムの影響ではな

いか？」

このコメントを読んだとき、ハンマーで頭をがーんと殴《なぐ》られたような気がした。それほどに私の研究の核心を突いた意見だったと思う。それまでの私はアンダーソンと日本との関わりについてばかり調べていて、同時代のヨーロッパの学問の潮流はあまり考慮していなかった。それからいろいろ調べてみると、アンダーソンの日本絵画蒐集方法は博物学的で、当時ヨーロッパで流行していた啓蒙思想とダーウィニズムの影響を大きく受けていることがわかったのである。こうして日英両サイドの研究が加わったおかげで、論文の構成もがらりと変わり、内容に厚みも出たと思う。

博士論文を書き終わってから、「ティムのあのアドバイスのおかげで、自分でも納得のいく論文が書けたと思う」とお礼をいった。すると、その答えは「え、そんなことといったっけ？」だった。そんなところもまた「ティムらしい」。

二つのアドバイス

もう一人のスーパーアドバイザーは、アンガス・ロッキャー先生。近現代における日本と万国博覧会の研究で博士号を取り、最近は「近現代の日本におけるゴルフの歴史」なんていう変わった研究もしている。いつも「かっちり」ではなく、品のいいジャケットを上手に着崩している感じで、栗色の柔らかい髪に眼鏡《めがね》がチャームポイントのおしゃれさんである。考え方はとてもシャープで理論的。初めて暮らした日本の土地が山口だったので、日本語はちょっとだけ長州訛《なま》り。そんなギャップがとてもチャーミングな、奥さま思いのとても優しい英国人である。

アンガスは話し上手で聞き上手なので、一緒にいてとても楽しい。二週間に一度くらい、ロンドンのカフェでお茶を飲みながらおしゃべりをするのが習慣だった。ティムと同じように、「先生に研究の相談をする」というよりは「友達と雑談をしながらお茶を飲む」感じである。でも毎回一度は私の論文の進み具合を聞いてくれて、意見やアドバイスをくれる。彼にもらった数々のアドバイスのなかで、よく覚えている言葉が二つある。それは、「Think small.（小さなことから考える）」と「Always think about a question.（いつも質問を考える）」ということである。

論文を書くときにまず必要なのは、仮説を立てることである。そして、その証拠を集めることが研究をするということだ。料理でたとえるならば、まずつくる料理を決めてから材料を買いにいくという流れが正しい。でも、私の「論文」という料理の作り方の手順は逆だった。おいしそうな材料を買ってきたあとで、「さぁ、何をつくろうかな」と考えるというものだ。あとで知ったことだが、この考え方をする人間は残念ながらあまり研究者には向かないのである。

たとえば、調査中に面白い史料を発見したとする。意気揚々と「すごい史料をみつけたよ」とアンガスに話すと、ひと通り話を聞いてくれたあとの彼からの返事は「面白いね。それで、その史料をどうやって論文に使うの？」である。たいてい私はそこで、その史料が「おいしいけれど使えない材料」だったと気づかされてしゅんとなる。ケーキをつくろうとしているときに伊勢海老《いせえび》をみつけてもケーキをおいしくするためには使えない。それを私に説明するためにアンガスがいってくれた言葉が、「Think small.」と「Always think about a question.」だった。大きいテーマから小さくしていくのではなく、小さいテーマから大きく話を展開させていくこと。「あなたはこの論文で何をいいたいのか」という問いにひと言で答えることができるようにすること。アンガスのこのアドバイスを聞いてから、私は少しずつ理論的に物事を考えられるようになっていった。そうして、完成した博士論文は、「すべての材料がお互いを引き立て合う料理」に近づくものになったのではないかと思う。

日本に帰国して以降、後輩から博士論文執筆のアドバイスを求められることがある。そのときはまず、アンガスからもらったこの二つのアドバイスを伝えることから始めるようにしている。

23

七転八倒

七転八倒（しちてんばっとう）

激しい苦痛のために、ひどく苦しみ悶《もだ》えるさま。転んでは起き、起きては転ぶこと。中国南宋時代の儒者・朱子の言葉「商のすえにあたりて、七転八倒、上下崩頽す」（殷末には世の中が混乱し、総崩れになった）に由来する。

博士論文性胃炎

博士論文を書くという作業はとかく孤独なものだ。早い人でも最低三年間は同じ研究に没頭し、その成果を言葉として積み重ねていく。私の場合は、修士と博士を併せて約五年間同じ研究を続けたことになる。それだけ長い時間一つの研究を続けるということは、あとにも先にも博士論文くらいしかないのではないかと思う。

美術史の研究には大きく分けて二つのステップがある。材料を集めること、そしてその材料を使って理論的に文章を組み立てることである。

私は、研究の最初のステップともいうべき「史料調査」の部分は大好きだ。博物館で何十年も開けられていない引き出しの中からみつけた書類に目を通し、日本美術に関する記録の断片を拾い集めていく。探偵のようなわくわくする作業。それが好きで研究者をしているといっても過言ではない。でも、そうして集めた歴史のかけらをつなぎ合わせて、説得力のある文章にまとめるという作業は苦手だ。だから、史料調査があらかた終了し、論文を書き上げる作業だけになった最後の一年間はほんとうに辛《つら》かった。

博士論文の執筆が佳境に入ってくると、明けても暮れても「論文を書く」以外にすることがない。朝起きてから寝るまでずっとパソコンの前にいる。四〜五日間、まったく寮の外に出ないなんてこともよくあった。

私が住んでいた寮は、マートンの大学院の一、二年生が多く住む建物である。セキュリティー上の問題で、留学中はずっと同じ寮の同じ部屋に住まわせてもらっていたのだが、この状況が辛さに拍車をかけた。史料調査や実験などが中心となる一、二年生たちは、まだ論文に対する危機感もそれほどなく、毎日が楽しそうだ。寮のキッチンに友達を呼んでパーティーをしたり、週末は夜遅くに帰ってきたりする。彼らの立てる物音は、重い空気が漂う私の部屋によく響く。そのたびに失われてしまった楽しいカレッジライフを偲《しの》び、彼らに被害妄想という名の恨《うら》めしさを感じてしまうのである。

キッチンや廊下で彼らに会うと、いつも快活に「元気?」「調子はどう?」と聞かれたりする。しかし、執筆が劇的に進んでいるなんてことはほとんどない。

いつも一進一退を繰り返し、一日中パソコンの前に座って書けたのはたった五行、なんて日もある。だから「元気？」と聞かれても元気なわけはないし、「調子はどう？」と聞かれても基本的に調子はいまいち。こうして、論文書きに集中せざるをえない私のなかの暗闇は広がり、世界でたった一人、時間の狭間《はざま》に取り残された悲劇の主人公になってしまったように感じるのである。

毎日みーちゃんとは電話で話していたので、誰とも口をきかない日はなかったけれど、誰とも会わない日はよくあった。毎日同じ答えしか返せない自分が嫌になり、会話をするのが煩《わずら》わしくなって、人に会うのを避けるようになっていった。昼食も夕食も人がキッチンに来ない時間帯にささっとつくり、自分の部屋に戻って食べる。執筆中の唯一の息抜きといえば食事なのだが、一人だと手のかかるものをつくらないので、いつもおうどんやどんぶりなどの簡単なものになる。食べるのも十五分もあれば終わってしまう。ご飯をつくっているときも、食べているときも、論文のことが頭を離れない。いわば一日中、ずーっと脳のスイッチがオンの状態になっていて、熟睡することもままならなくなっていったのだった。

しばらくそんな生活を続けたある日、体に異変が生じた。食べても飲んでも気持ちが悪いし、ときどき刺すような胃の痛みが襲う。食べたものがずっと胃に残って消化されていないのがわかる。二日ほど「うーん、うーん」とうなった私。論文のことを考えるとそれどころではないのだが、背に腹は代えられない。しかたなく病院で診てもらうことにした。診察のあと告げられた病名は「ストレス性胃炎」。先生いわく、「根本的なストレスを取り除かないかぎり治らない」とのこと。しかしそれはどう考えても無理な話。論文を書き終えるまではこの生活から抜け出せないのに、論文が胃痛の原因なんて……。薬をもらい、症状は一時的に改善されたが、根本的な解決にはならない。結局は、論文提出まで数カ月に一度のペースで「博士論文性胃炎」に苦しめられることになったのである。

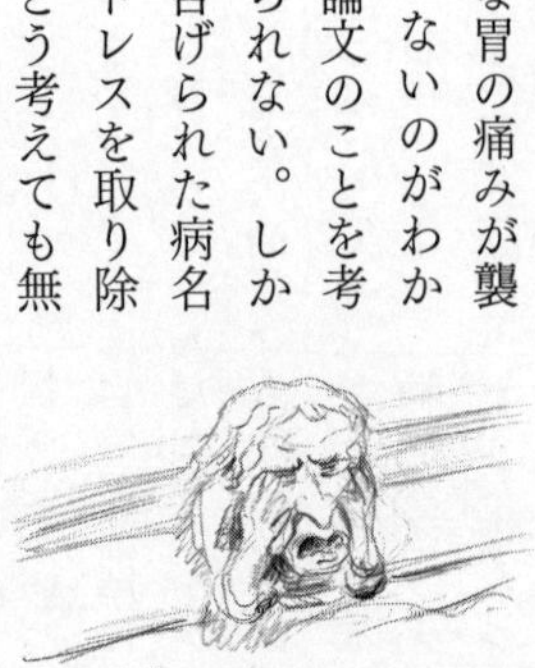

初めて胃炎を発症したとき、これではいけないと少しの生活改善を試みた。何日も部屋の中に缶詰め状態ではさすがに息が詰まるので、気分転換に久しぶりに

ロンドンに出かけてみることにしたのだ。とくに用事があったわけではなかったけれど、大英博物館に行き、オフィスで作業をしてみた。ひろみさんやケイスケさんと日本語で他愛もない話をし、笑っているうちに、だんだん気持ちが明るくなり、元気になってきた。そういえば、もともと子どものころから人に囲まれて育ってきた私は、人が周りにいるのが自然だった。集中したいからと閉じこもってばかりいたことが逆にストレスになっていたらしい。「独りにならないことって大切なんだ」とあらためて思った出来事だった。

オックスフォードのカフェ

このことに気づいてから、勉強場所を少し変えてみることにした。人の声が聞こえるほうが逆にほっとする。私の向かった先は喫茶店である。私の行きつけだったのは、オックスフォードの目抜き通りにある十八世紀ごろの古い木造建築を改装したサンドイッチチェーン店。外からみると明らかに傾いているし、店内の床も壁もすべてがゆがんでいる。その古すぎる外観から、解体して新しいものを建てたほうが安上がりであろうことは想像に難くない。しかし、崩壊寸前にみえる建物を歴史的景観として壊さないで、さらにチェーンのサンドイッチ屋にしてしまうのが英国人のすごいところだ。地震大国の日本では考えられないことだろう。

ここのサンドイッチは、あまり食べ物のおいしくない英国にあって、比較的まともである。そして、サンドイッチもさることながら、コーヒーが安くておいしい。星形にココアパウダーを振ってくれるのが嬉しくて、注文していたのはいつもカプチーノ。たまたまベルギー人の友人がこのチェーン店のシステム・エンジニアをしていたので、コーヒーのおいしさの秘密について聞いてみた。すると、その秘密は豆の量にあるのだという。一般的なコーヒーチェーン店が一杯のコーヒーに使う倍の量の豆を使っているらしい。その話を聞いて、なんだか得した気分になり、コーヒーが飲みたくなるといつもこの店に足が向いたのだった。

パソコンをもち込み、カプチーノを飲みながら、人の話し声をBGMに論文を書く。部屋で書くより筆が乗るのが不思議だ。飽きてきたり、書くことに行き詰まったりすると、周囲の人びとをウォッチング。「学生さんかな？　先生かな？　あ、あの人は試験勉強中かも……」なんて考えながらぼんやりしていると、いつの間《ま》にか論文のことを忘れて気分転換ができている。するとまた、よい言い回しを思いついたり、新たなひらめきが生まれたりするのである。

ここのよいところは、インターネットが無料で使えること。そして二時間という使用時間の制限があること。わからないことがあればすぐ検索できて便利だし、集中力が持続できるという意味でも二時間はちょうどよいタイミング。それに、コーヒーとサンドイッチであまり長居しすぎるのも申し訳ない。この喫茶店での論文執筆を始めてから、それまでよりはかなり効率的に文章が書けるようになっていった。

入浴剤の香り、日本からの便り

もう一つのストレス解消法はお風呂である。幸いなことに二度目の留学中に住んでいた寮の部屋には大きなバスタブがあった。そこで一日の終わりのお風呂タイムをゆっくり取ることにしたのである。でも、英国は年中乾燥していて、お風呂に長時間入ると脂分が落とされすぎて乾燥肌で痒《かゆ》くなる。対抗策として最初は英国のスーパーで売っている、ちょっと高級なホテルに置いてあるような「あわあわ」になる入浴剤を入れてみた。でも、それではよい香りはするけれどお肌の問題はよくならない。そんなとき、日本の友人がお土産《みやげ》に温泉の素《もと》セットをもってきてくれたのである。これが正解。使いはじめてからしばらくすると、痒みは落ち着き、徐々に肌がつるつるになっていったのである。よい香りのお風呂に毎日ゆっくり入ることがスイッチをオフにする手助けになったのだろうか、きちんと眠れるようにもなっていった。

こうなると温泉の素なしでは生活ができなくなってくる。侍女さんに頼んで日本から送ってもらうことにした。数週間後、家から届いた荷物。開けてみると玉手箱のような大きさの桐箱が入っている。しかも重い。不審に思って恐る恐るその桐箱を開けてみると、いろいろな種類の入浴剤がぎっしりと詰まっている。箱のうやうやしさと入っていたもののギャップが大きすぎて、一瞬事態が理解できなかった。そして、この桐箱に入浴剤を真剣に詰めている侍女さんの姿が目に浮かんで、おかしくなってひとしきり笑った。

英国で一人暮らしをしていると、日本からの便りほど嬉しいものはない。入浴剤のほかにも、たくさんの方々がいろいろなものを届けてくださった。父の手紙が定期的に届くのはもちろんのこと、祖母も手紙に加えてときどきお米やインスタントのお味噌汁、缶詰などを送ってくださった。名古屋の知り合いのおばさまから真空パックされた焼き鮭や鰻の蒲焼きが届いたこともある。

家からは月一回必ず小包が届く。中身は私が購読していた雑誌や雑貨、日本食材など。そして、いつも何かしらサプライズが入っていた。金平糖《こんぺいとう》や疲れた目をリラックスさせるためのアイマスク、もこもこの靴下など……いつも侍女さんたちが私の体調や精神状態を考慮して、癒《い》やしの贈り物を忍ばせてくれる。毎回小包を開けるときは、「今回は何が入っているのかな？」とわくわくした。毎回何を送ろうかと考えてくれている侍女さんたちの心遣いがほんとうに温かかったし、どれだけ助けられたことだろう。毎日論文執筆で張り詰めた精神状態が、この小包を開けるときはふと緩み、顔がほころんだ。月一回届く私の栄養剤だった。

ひと言でいえば、「とにかく大変で辛かった」留学最後の一年間。でも不思議と「もうやめたい」とは一度も思わなかった。それはきっと私が、たくさんの人たちの愛情と応援に支えられていたからに違いないのである。

24

進退両難

進退両難（しんたいりょうなん）

進むことも退くこともできない困難な状態。「進退、両つながら難し」と訓読する。どうにもしようがないさま。二進も三進もいかないさま。

博士論文への二つの壁

博士論文が完成するまでにはいくつもの壁があった。三〇〇ページを超える英文を書くのだから、良いときもあれば悪いときもあるのだが、最大の壁は完成の一年ほど前にやってきた。私が考えていた論文の構成を、指導教授のジェシカがどうしても認めてくれなかったのである。

私の博士論文は大きく三章に分かれていた。第一章は大英博物館の学芸員であるオーガスタス・ウォラストン・フランクスの日本陶磁器コレクションについて。第二章はウィリアム・アンダーソンの日本絵画コレクションについて。一章と二章については、それまでの期間で調査も綿密にしてきたし、書いた内容もこまめにジェシカにみてもらっていたので問題はなかった。問題となったのは第三章の内容である。

私がそこで書きたかったことは、フランクスとアンダーソン亡きあと、大英博物館のコレクションがどのように発展していったかについてだった。ある日のチユートリアルの場でジェシカに私のアイディアを伝えた。すると、それでは漠然としすぎていて論文にならないと完全否定されてしまったのである。そして、米国にある浮世絵コレクションを取り上げ、英国と米国のコレクションの比較検討をすべきだという。納得がいかず、食い下がってはみたけれど、結局いい負かされて部屋に戻った。

たしかにジェシカのいうとおりにすれば、説得力がある論文になるし、早く書き上がるであろうことはわかっていた。でも、それは私が書きたい、伝えたいことではない。自分に納得がいっていないのにジェシカのいうことを聞いてしまったら、それは私の論文ではなく、ジェシカのものになってしまう気がした。こうして、パソコンに向かってため息をつく毎日が続くうちに、また胃が活動を停止したのだった。

こんな気持ちのままで論文を書き終わるなんて不可能である。悩んで悩んで、もう一人の指導教授のティムに相談をした。大英博物館のティムのオフィス。ジェシカの思うことと自分の思うことの違い、自分が博士論文を書く意義、いままでティムにきちんと伝えたことのなかった私の博士論文への思い。ぽつり、ぽつりと話しているうちに、いつの間にか目からは涙がこぼれていた。私の泣き顔を一度もみたことのなかったティムがそれをみて少し動揺していたのはわかった。でも、最後まで黙って私の話を聞いてくれた。私の話がひと通り終わると、ティムの口から最初に出た言葉は「いちばん大切なことは、アキコが書きたいことを書くことだよ」だった。その言葉を聞いて、ほっとして、また涙がぼろぼろと流れてしまった。

結局、ティムは「アキコのアイディアも十分検討する意義があると思うから、明日ジェシカと電話で話してみる」といってくれた。ジェシカに自分の意見を主張しきれなかったのは情けない限りなのだが、ティムが私の意見を支持してくれたことに大きな力をもらい、ずっと胸に抱えてきた重しが少しだけ軽くなった。

こうして、ティムとジェシカは私の論文についてずいぶんと長い時間をかけて話をしてくれたようだ。二人がたどり着いた結論は、ティムと私が相談して第三章の内容を決め、それをジェシカに確認するというものだった。忙しいティムの時間を自分のために割《さ》いてもらうのは心苦しかったが、そんなことをいっている状況ではない。いままで私が続けてきた調査の内容やその結果わかってきたことを説明し、ティムのアドバイスをもとに第三章の構成を組み立てた。最終的には、ウィリアム・アンダーソン亡きあと、大英博物館の日本コレクションの管理を任された学芸員ローレンス・ビニヨンを研究の中心に据えた。ビニヨンの蒐《しゅう》集《しゅう》方針や日本コレクションの展示の事例を細かく分析することで、アンダーソンの時代からどのように大英博物館の日本美術をみる目が変化したのかを明らかにするという方法である。今度こそは自分の意見を伝えると決心をし、再度ジェシカにこの構想を伝えると、これで書きはじめてもよいという許可をもらうことができた。

基本方針が決まったとはいえ、もちろんすんなりとは進まない。書いては直され、書いては直されの繰り返し。大幅な書き直しを求められることは減ったけれど、そこはジェシカである。一週間ほどかけて書き上げた文章を「ここの説明が長すぎる」とばっさり削られたり、逆に「ここの説明が足りない」と情報の追加を求められたり。「私の一週間はなんだったんだ……」と落ち込み、「時間が足りない!!」と気持ちばかりが急《せ》くのに、筆がまったく進まない。論文提出前の数カ月、「苛立《いらだ》ち」や「焦《あせ》り」という感情の記憶は残っているが、自分が何をして、どうやって生きていたのか、ほとんど覚えていない。しかし、なんとかジェシカからのだいたいの了承を得ることができたのだった。

ほっとしたのも束《つか》の間《ま》、次に私を待ち構えるのは二度目の口頭試問。前の章で書いた一回目の口頭試問は、博士課程の学生としての資格を得るものだった。この口頭試問では、博士論文が大学に提出するレベルに達しているかを判断される。

論文の章立てと要旨、書き終わった論文の第一章と第二章を事前に提出。口頭試問の試験官は前回と同じくロジャーとクレアである。会場もまたセント・アントニーズ・コレッジのロジャーのオフィス。あふれていたのは和《なご》やかな空気だった。二人は私の論文が面白い方向に進んでいると褒《ほ》めてくれた。一時間くらい議論をし、今度の口頭試問は何の波乱もなくすんなりと合格。二〇〇九年の六月には、無事博士論文を提出する準備が整ったのだった。

ティムという壁

このあとはとんとん拍子に……といいたいところだが、もちろんそうは問屋《とんや》が卸《おろ》してくれない。最後の関門はなんとティムだった。世界でいちばん忙しい日本美術の学芸員といわれ、とにかく働きづめのティム・クラーク。なかなか私の論文を読んでくれない。書いた文章は、ジェシカのOKが出てから、順次ティムに送りつづけていた。でも、彼がOKを出してくれなければ、最後の口頭試問のために論文を提出することができないのである。

四カ月に一回やってくる常設展の展示替えや、ティムが中心になって進めていた大型企画展の準備などで、オフィスにいるときをつかまえることすら難しい。彼が休みなく働いているのは痛いほどわかっている。それだけに時間を割いて自分の論文を読んでほしいとはどうしてもいいづらい。とはいえ、十月から立命館大学への就職が決まり、八月の初めにはオックスフォードの寮を引き払って日本に帰国することが決まっていた。博士論文の提出期限は九月いっぱい。それまでに提出できなければ、この予定すべてが水の泡になってしまう。何度か勇気を出して、「論文みてくれましたか?」と尋ねてみたが、いつも答えは「ちょっと忙しくて」である。考えあぐねた末、七月半ばに意を決してティムにメールを送ることにした。

「ティムが忙しいのは重々承知しています。もし論文を読む時間がないようであれば、今回はとても残念だけれど、ティムが読んでいないものを提出しようと思います。口頭試問のあと、完全論文を再提出するまでに読んでくれたら、そのときにティムの意見を反映させたものを出そうと思います」

するといままで押しても引いても何もいってくれなかったティムから驚くべき早さで返事が来た。そこには「遅くなってしまったけれど、きちんと読むからもう少し時間が欲しい」と書かれていた。きっと「悪いけれど、そうしてほしい」といった趣旨の返事が来ると思い込んでいたので嬉しい驚きだった。ただ、この時点で日本に帰国するまで一カ月弱しかない。いまから論文を丁寧に直すのだから、それまでに提出するのはどう考えても難しそうだ。でも、ティムが読んでくれるというのは何物にも代え難い。論文提出は期限ぎりぎりの九月に目標を定めた。

腰を上げてもらうまでにかなりの時間がかかってしまったが、やると決めたらとにかく完璧主義者のティム。いままで何度読んでも気づかなかったような用語の間違いや言い回しなど、隅から隅までほんとうに丁寧にみてくれた。

当時の私は英語を書くことにはかなり慣れたとはいえ、日本語を直訳したようなぎこちない文章になってしまうことが多々あった。でも、日本語がわかるティムは、私がいわんとしていることを、その少しおかしな文章から察してくれる。そして、私の手元に返ってくるときにはそれがとても美しい英語の文章に変わっているのである。「そう！　私がいいたかったのはこういうこと!!」と、思わずパソコンの画面の前でバンザイしてしまったことが何度あっただろう。

論文が完成して、「ほんとうにありがとうございました」と恐縮しきりでお礼をいった私に向かって、ティムは「自分がアキコの指導をするといったのだから」とさらりといってくれた。これぞ本物の英国紳士。多忙を極める毎日のなか、最後まで責任をもって私の面倒をみてくれたティムにはいまでも頭が上がらない。

当初予定していた八月の帰国までに提出することはかなわなかったけれど、学会発表のために再渡英した九月に、自分の納得のいく博士論文を無事提出することができた。簡易な製本ではあったけれど、自分の五年間の研究成果が一つのものとしてまとまり、その厚みと重みを感じたときは涙が出るほど嬉しかった。

あとで聞いてみると、ジェシカは完成した私の博士論文のなかでは、ジェシカのいうとおりに書かなかった第三章の一部となった「日本美術の複製が海外で果たした役割について」がいちばん面白かったらしい。そしてこの部分が私の博士論文の個性を生んだといってくれた。

ジェシカが提示してくれた博士論文までの楽な道を捨て、選んだ道はとても険しかった。でも、妥協せずに自分の信じた道を進むことで得られた成果はほんとうに大きかったと思う。

博士論文はもう二度と書きたくないと思う辛《つら》い経験だったけれど、執筆していた五年間、お金では買えない素晴らしい人生経験をさせていただいた。この五年間を支えてくださったすべての方たちに、いまあらためて心から感謝したい。

25

不撓不屈

不撓不屈（ふとうふくつ）
強い意思をもって、どんな苦労や困難にもくじけないさま。「撓」はたわむこと、「屈」は折れ曲がること。中国の史書『漢書・叙伝下』にある「楽昌《がくしょう》は篤実、撓まず屈せず」に由来する。

人生でいちばん緊張した日

博士論文は無事提出することができたが、博士号を手に入れるためには最後のViva（ヴァイヴァ）をクリアしなければならない。この試験官を誰にするかはジェシカとティムと相談して決める。試験官が二人なのはこれまでの口頭試問と同じだが、今回は二人のうち一人を学外から選ばなければならない。この人選がとても重要であるのはいうまでもないのだけれど、私にはとくに慎重にならざるをえない理由があった。かつてオックスフォードで博士課程をしていたある友人は、知らず知らずのうちに自分の指導教授を嫌っている先生を外部試験官に選んでしまい、論文の内容自体には大きな問題がなかったにもかかわらず、その人からの嫌がらせを受けて博士号の取得を一年先延ばしにされたという話を聞いていたから。どこの国でも学者間の嫉妬《しっと》というのは大なり小なりあり、とても恐ろしいものなのである。

学内の試験官は、これまでと同様に、明治の陶磁史で博士号をもっていて気心も知れているアシュモリアン美術館のクレアに決まった。問題の外部試験官はロンドン芸術大学、チェルシー・カレッジ・オブ・アート・アンド・デザイン教授の渡辺俊夫先生にお願いすることになった。英国国内で日本美術を専門とする先生はそれほど多いわけではないし、私が注目をしている明治時代の日本美術の蒐《しゅう》集《しゅう》について詳しい先生となると選択肢は限られている。俊夫先生は日本人のお父さまとドイツ人のお母さまとのあいだに生まれたハーフ。俊夫先生は日本で教育を受けていらっしゃるので、日本語も英語もドイツ語も母国語のように話される。近代の日本の庭園や建築、日英の文化交流史や英国におけるジャポニスムなどがご専門の俊夫先生は試験官としてはうってつけの人物だ。

俊夫先生にお願いするというのは、私のなかではもう何年も前から決めていたことだった。博士論文の外部試験官は、自分の論文の指導をしていない人物を選ばなければならない。つまり、論文の方向性が決まってくると、試験官になってくれそうな先生には論文の内容に関しての細かい話はしてはいけないのである。論文の評価の客観性を高めるのが目的のルールなのだが、そのおかげで私の論文をいちばん助けてくださりそうな俊夫先生とは、研究の話をするのをずっと我慢することになった。

一般的に口頭試問は博士論文提出から二～三カ月後くらいに行われる。論文の提出後、私は日本に帰国していたので、二〇一〇年一月にノリッチのセインズベリー日本藝術研究所での講演と、大英博物館での調査で再渡英するのに合わせて実施することに決まった。十月からは立命館大学での勤務や新しい研究課題への取り組みで、博士論文のことを忘れるほどの大忙しの毎日。でも、口頭試問の日程が決まり、本番まで一カ月を切ったあたりから、緊張と不安がじわじわと胸の中に広がるようになっていた。準備のために博士論文を読み返すと、読むたびに指摘されそうな論点や、間違っている箇所がどんどんみつかる。「ダメだったらどうしよう」と、悪い予感で頭がいっぱいになっていった。

口頭試問の三日前、数カ月ぶりに帰ってきたオックスフォード。もう寮は引き払っていたので、みーちゃんの家に泊めてもらうことになった。ななちゃんが「あきちゃ～ん」と、久しぶりに会うゴッドマザー（私）と一緒に遊びにくる。みーちゃんがおいしいご飯をつくってくれる。博士号をもっているポールが「口頭試問は楽しいよ。自分の研究がいかに面白いかを伝えればいいんだから」と励ましてくれる。三人のおかげで気持ちが沈みすぎることなく本番当日を迎えることができた。

たくさんの
おめでとうのあとで……

口頭試問の朝。本番用の衣装は黒いスカート、白いブラウス、黒いリボンにアカデミック・ガウン。「サブファスク」というオックスフォード大学の制服に身を包むと、とてつもない不安が襲ってくる。緊張のおかげで味のしない朝ご飯を食べて家を出る。みーちゃんとななちゃんが「がんばって〜」と玄関まで送り出してくれ、バスに乗って会場となるアシュモリアン美術館に向かった。

午前十時の受付には、私の到着を待ってくれていたクレアがいた。私と同じサブファスク姿、でも私とは違う博士のガウンをまとっている。「口頭試問をクリアすればあのガウンを羽織《はお》ることができるんだ」。そう思った瞬間、胸がぎゅーっと締め付けられて意識が一瞬遠のいた。いま思えばあれがいままでの人生でいちばん緊張した瞬間だったかもしれない。クレアに連れられて会場へ。大きめのテーブルのある比較的広めのお部屋だったような気がする。そこに待っていたのは、いつものようにぱりっとした装いの俊夫先生。でも、いつもは日本語でお話しするのに、俊夫先生からは英語でのご挨拶。その瞬間に、「ああ、ついに始まる……」と実感。席に誘われ、世間話を少ししたあと、俊夫先生が「Well……（さて）」と口火を切った。「ああ……」と、もうこの場から逃げ出したい気分になる。どきどきが最高潮に達したそのとき、俊夫先生の口から最初に出た言葉は、

「First of all, ……you passed.（まず初めにいっておきますが……合格です）」だった。

最初は何をいわれたのかまったくわからず、言葉が何も出てこなかった。数秒たってようやく「えっ」と思わず日本語で聞き返し、そしてはっと我《われ》に返って「Thank you.（ありがとうございます）」と答えた。なんと、口頭試問でひと言も発することなく合格してしまったのである。

口頭試問を経験したことのある友人から教わっていた手順では、一時間から二時間の論文に関する質疑応答をして学生は退室する。その後、試験官が通すべき

か通さざるべきかの議論を三十分ほどしたあとに、合格か不合格かを告げられるというものだった。でも俊夫先生は、合否は論文を読んだ時点でほぼ決まっているのに、口頭試問の質疑中にいたずらに学生を緊張させておくのは意味がないと考えておられる。そういうわけで、最初に私の論文は合格だと伝えてくださったのである。

狐《きつね》につままれたようにぽかんとする私をみて「にやり」とした俊夫先生、「じゃ、アキコが安心したところで議論に入ろうか」と口頭試問を始めてくださったのだった。ここからの時間は、ポールがいっていたようにほんとうに楽しかった。見た目は日本人なのだが、中身はかなりドイツ人に近い俊夫先生。年号の間違い、グラフの数字の不一致、見落としがちな脚注部分のタイプミスまで、びっくりするくらい細かくチェックしておられる。小さな間違いの指摘から、論文の根幹に関わる問題への質問まで、二時間弱にわたって議論を重ねた。司会進行は俊夫先生、クレアがときどき質問をするようなかたちで進む。なかなか答えるのが難しい質問もあったけれど、とても和《なご》やかな雰囲気のなか、自分がこれまで長い時間をかけて取り組んできた研究の成果を伝えることができた。口頭試問の最後には、「アキコが楽しんで書いたことがわかるとてもよい論文だった」と二人が口を揃えていってくれたことが何よりも嬉しかった。これで三カ月以内に、指摘された間違いの修正と補足情報の追加をした論文を再提出しさえすれば、博士号を取得できることが決まったのである。

二人にお礼を述べ、ぼーっとしながら、みーちゃんとななちゃんが待つアシュモリアン美術館のカフェへ。合格したことを告げると、みーちゃんは自分のことのように喜んでくれ、ななちゃんは嬉しそうな私たち二人をみて嬉しそう。その日が口頭試問だと伝えていた友達が何人もやってきてくれた。無事に受かったということで、みんなからたくさんのおめでとうをいってもらい、ようやく自分が合格したことの実感がじわじわと胸に湧いてくる。少し落ち着いてきたので、国際電話で宮家に連絡をした。事務所の皆は心から喜んでくれた。

口頭試問の翌々日には、講演のためにノリッチに向かった。大英博物館のティム、SOASのティム、アンガスをはじめとするいままで私がほんとうにお世話になった人たちがわざわざロンドンから足を運んでくれ、講演のあとは合格祝いをしてくれた。この五年間の汗と涙の結晶であり、自分が愛情込めて育ててきた子どものような論文がこうして認められた嬉しさは、筆舌《ひつぜつ》に尽くし難いものがあった。

嬉しい気持ちでいっぱいになりながらホテルに戻ったその日の夜、とても残念なことが起こった。パソコンを開けると、「柏《かしわ》様（父）のご意向で、今回のご帰国に際して『博士号取得決定』の部分は発表しないことに決まりましたのでご報告いたします」というメールが届いていたのである。

生まれて初めての猛抗議

じつはこのメールで私が殊更《ことさら》にショックを受けたのには理由があった。数カ月前の博士論文提出時のことである。日本への帰国と立命館大学での就職が決まり、日本では「留学終了」と発表されることになると思っていた。でも、宮内庁の判断は私の気持ちとは異なるものだった。論文提出と口頭試問のために、さらに二度渡英することが決まっていた。そのため、ここで「留学終了」ということにしてしまうと、そのあとの渡英時の役所内の手続きが煩雑になるので留学継続のままにするといわれたのである。「留学中なのに立命館大学で勤務するというのはおかしいのではないか」といってみたのだが、「とくに問題はないので」と押し切られてしまった。

そのときは博士論文も提出していなかったし、留学終了といえる確固たる事実もなかったので仕方ないかなと思った。でも、口頭試問に合格すれば博士号を取得することが決まるわけなので、「口頭試問の合格で留学終了としたい」とあらためて申し出た。すると、宮内庁からは「まだ学位を取得していないんだから、留学期間は学位授与式までにするべきだ」とか、「学位授与式まで待つと、すでに発表している留学終了予定時期を過ぎてしまうので、その前にしたほうがいい」とかいう意見が寄せられたのだった。

百人いれば百通りの考え方があり、皆に同じように理解してもらうことは不可能だということはわかっている。いろいろな事態を想定したうえでの提案をしてくれているのだということも理解できる。でも、「お疲れさまでした」も「おめでとうございます」の言葉もなく、ただただ事務的にいちばん安易な解決法の模索に終始されていることがとても悲しかったし、腹が立った。そこで、私は生まれて初めて宮内庁に猛抗議をした。結果として、なんとか「口頭試問の合格をもって留学終了」とすることにこぎ着けることができたのだった。そして、日本を離れる前に発表文の内容なども詰め、合格が決まり次第、「留学終了」の手続きを進めることになっていた。

出発前に宮内庁とあれだけ揉《も》めてようやくたどり着いた結論だったのに、父からの大どんでん返し。父には、再三再四詳しく事情を説明し、今回の発表内容が決定していたのにもかかわらずの変更である。それも、すべてが私への相談なしに、ただ「決まった」との連絡が来ただけだったこともショックだった。

真っ暗なノリッチのホテルの部屋から、朝を迎えた日本の宮家に電話をかけると、事務官が電話に出た。堰《せき》を切ったように私の口から言葉があふれ出す。今回の口頭試問の結果が博士課程の学生にとってどれだけ大きいのかということ。学位取得の紙切れ一枚がそんなに大切なのかということ。正式な学位取得はいつになるのかいつになるのかと聞かれるのは、子どもを産んだばかりのお母さんに「次の子どもはいつ産んでくれるの?」と聞いているのと同じようなことだということ。止めどなく自分の気持ちを伝えるうちに、いつの間にか電話口で号泣していた。電話を受けている事務官はおろおろするばかり。どうしようもなくて電話を切った。

オックスフォード大学で博士号を取れば、父も宮内庁の人たちも喜んでくれるとばかり思っていた。辛《つら》かった思い出ばかりの五年間を頑張れたのも、プリンセスとしてではなく、一人の研究者としての実力を認められたいという気持ちがあったからである。だからこそ、大学からは許されるかぎりほかの学生と同じように扱ってもらった。大学内でいちばん厳しい先生として知られるジェシカ・ローソンから認めてもらえたという自負もあった。でも、私の努力の結晶である博士号は、宮内庁の人たちにとっては、あまたある面倒な事務処理対象の一つでしかないのだと思えてならなかった。悔しくて涙が止まらず、結局は泣き疲れて眠っていた。

心からの「最終報告書」

翌朝、腫《は》れる目をこじ開けながらパソコンを開けてみると、そこには事務官からの一通のメール。「殿下にもう一度お話をしてみるので、お時間を頂きたい」と書かれていた。事務官たちが頑張って説得してくれたおかげで、父も私の気持ちを理解してくださり、最終的には出発前の段取りどおり発表されることに決まった。

でも、これだけ大揉めに揉めた「留学終了の時期問題」。本来なら凱旋《がいせん》帰国ともいうべき晴れがましい帰国になるはずが、父にも宮内庁にも、私がただ駄々《だだ》をこねて意見を通してしまったようにも思え、気持ちは重たいままだった。

胸にもやもやしたものを抱えながら就いた帰国の途。成田に到着し、待っていた車に乗り込み宮邸《みやてい》に向かう。宮邸の玄関がみえると、いつもと少し様子が違う。玄関前に宮家職員と側衛《そくえい》たちが並んで迎えてくれているのに加えて、私の初等科からの親友たちの顔が並んでいるではないか。口々に「おめでとう!!」と声をかけてくれ、「なんでなんで?」と戸惑いながら、応接間に向かうと父が待っておられるのがみえた。「ただいま帰りました」と申し上げると、父がゆっくりと立ち上がり、私のほうに歩いてこられ、私をぎゅっと抱き締めて「おまえはほんとうによくやったよ」とおっしゃったのである。

普段そんなことはされない方だし、博士課程を始めてからは、研究発表をしても、論文を出しても、褒《ほ》められたことは一度もなかった。口頭試問に合格したことも喜んではくださらないのかと落ち込んだ。その父からの褒め言葉だった。私の親友たちも、私をねぎらうために父が集めてくださったのだそうだ。父の腕のなかで止まらない涙を流しながら、ここまでやってきた五年間が無駄ではなかったことを初めて実感することができた。

ほんとうにいろいろなことがあった五年間だった。「なぜ私の気持ちは伝わらないのだろう」「こんなに頑張っているつもりなのに、なぜ認めてくれないのだろう」と何度も憤《いきどお》り、何度も泣いた。でも、この留学記の連載を始めてしばらくたったころ、ある人にいわれたのである。「私、彬子さまが留学中こんなに大変な思いをされていたなんて知りませんでした」と。その言葉を聞いてはっとした。いままで私は留学中の苦労話を日本にいる人たちにしたことがあっただろうかと。

楽しかった話は相手を楽しませることができる。でも、辛かった話はいたずらに相手を心配させる。だから私は、帰国したときに会う人たちに積極的に苦労話をすることはなかったし、むしろ楽しそうにやっている姿しかみせてこなかったかもしれない。

わかってもらえなかったのは当たり前だった。説明責任を怠《おこた》っていたのは私だったのだから。孤軍奮闘《こぐんふんとう》しているつもりになって、はるか遠方からの援護射撃に支えられていたことに気づいていなかった。「なんでわかってくれないの？」と泣いていた自分がいまとなっては恥ずかしい。

だからこの留学記には、彬子女王という人間の人生の記録として、楽しかったことも辛かったこともすべて正直に書き綴《つづ》ってきたつもりである。これが、私の留学生活を温かく見守ってくださったすべての方たちへの、私の心からの感謝の気持ちを込めた「最終報告書」である。

特別寄稿

父・寛仁親王の思い出

故寬仁親王殿下

二〇一二年（平成二十四年）六月六日、寛仁《ともひと》親王殿下が薨去《こうきょ》されました。彬子女王殿下はご連載を中断して月刊誌『Ｖｏｉｃｅ』に本稿をお寄せになり、父宮様に対する奉悼のお気持ちを表わされました。

留学記執筆の経緯とは

今年（平成二十四年）の六月、二十一年間の闘病生活の末、父がこの世を去られた。ご体調が急変されてからはほんとうにあっという間《ま》の出来事だったので、なんだか現実味がなく、いまも長い夢のなかにいるような気持ちである。

この連載を継続することは正直とても悩んだ。書けるような精神状態でなかったのはもちろんだが、喪中にこのような仕事を続けることが許されるかもわからなかった。祖母と宮内庁にどうすべきかお伺いを立てたところ、両者とも前例がないことだからと悩んでおられたけれど、最終的には問題ないとのことで、私の判断に任せるとのお言葉をいただいた。

「連載を続ける」と決めたとき、私の脳裏に映っていたのは、今年の三月、第一回目の連載が出たときに、「『Ｖｏｉｃｅ』の文章はよくできた」と褒《ほ》めてくださった父の笑顔だった。

私をオックスフォード大学に留学させることまでは父の計画どおりだった。でも私が博士課程まで進みたいということは想定外だったらしい。留学の延長を認める代わりに、父から出された条件の一つが「留学記を出すこと」だった。それは、長期間海外に出て公務をしない以上、それを支えてくださった国民の皆さまに対して、皇族としてきちんとその成果を報告する義務があると考えておられたからである。

留学を終えて帰国し、立命館大学に就職が決まったときも、「おい、留学記はきちんと書くんだろうな」と再三にわたり念を押された。ご自身の『トモさんのえげれす留学』が刊行された同じ出版社から、姉妹本のようにして私の本を出すことが夢であったようだ。しかし、昨今の出版事情から難しいということになり、同じ出版社からの刊行はやむなくあきらめざるをえなくなった。当時の私は、執筆の仕事などしたことはなかったのだから、断られたのは至極当然のことである。それでも父はあきらめずに、自ら動いてほかの出版社に当たってくださった。PHPが受けてくださったときはとても喜んでおられたし、私が章立てや書きためていた草稿をおみせすると、「これでは硬すぎる」とか「もう少しパーソナルなことを書け」とか、「人名を出すとき、仲のいい人は基本的に実名を出せ」など、事細かにアドバイスを受けた。

発行された一回目の文章は、父の納得のいくものだったようだ。「ほら、俺のいうとおりにしたほうがよかっただろう」と満足そうに笑っておられた父のあのときの笑顔が忘れられない。父が道筋をつけてくださった英国留学、そしてこの留学記。喪中だからと休載するより、喪中だからこそ続けるべきではないかと思った。しかし、だからといって、なにもなかったかのように、いつもどおりの留学記の文章を書く気にもなれなかった。そこで、『Ｖｏｉｃｅ』編集部にわがままをいって、父の思い出の文章を書かせていただけないかとお願いをした。無理を聞いてくださった編集部の皆さまには心から感謝している。読者の皆さまには、しばし父の思い出話にお付き合いいただけたらと思う。

父とやりとりした手紙

父が亡くなられた日、叔母の携帯には従弟《いとこ》から「六十六歳の六月六日に逝《い》かれるなんておじちゃまらしいね」とメールが入ったそうだ。

いわれてみるとほんとうにそうだ。昔から、数字の語呂《ごろ》合わせがお好きで、細かくて、計画魔だった。お生まれになったのは、一月五日の五時一分。三笠宮だから、とお気に入りの数字はいつも三。ソフトボールのユニフォームの背番号は41383《よいみやさん》。御命日は、六月四日の祖母のご誕辰《たんしん》、六月七日の叔父のご誕辰をきれいに外《はず》し、ご葬儀の日程も六月十六日の香淳皇后の式年祭にはかからなかった。十日ごとにあるお祭りも、真夏の最中《さなか》なのは一回くらい。斂葬《れんそう》の儀《ぎ》当日も、梅雨《つゆ》の晴れ間が広がっていた。「どうだい」と自慢げに、にやりと笑っておられるでしょうね、と親戚みなで意見が一致した。ほんとうに父らしいご最期であったと思う。

計画魔といえば、私の留学に際してもそうだった。私が最初の留学に出発する前、チャールズ王太子殿下（当時）をはじめ、英国にいる御自身の友人十人ほどに、「娘が行くのでよろしく」と手紙を書いてくださった。計六年にわたる留学中、その方たちが代わる代わる、休暇中にカントリー・ハウスに呼んでくださったり、ロンドンに行くときにはお家に泊めてくださったり、オックスフォードに遊びにきてくださったりして、たいへんお世話になった。ともすれば外国人が入り込むのは難しい英国社会であるが、留学当初からいわゆる典型的な英国人の生活に触れることができたのは、父のおかげだった。

父は極度のアナログ人間だった。冷暖房やテレビのオンオフ、ビデオの再生くらいは大丈夫だが、録画とかそういう込み入ったことは全然ダメ。パソコンもメールも携帯電話もダメ。御自身の原稿は、いつも原稿用紙に手書きされるのを職員が文字起こしする。それも、文字が小さいうえに悪筆なので、読むのはひと苦労である。父がパソコンをお使いになれたらわが家の仕事はどれほど楽になったかと思うが、頑《がん》として手を出されなかった(便利だ、ということは認めておられたのだけれど)。

留学中もメールでの連絡はできないので、父とは二週間に一度くらいのペースで文通をしていた。コレッジの郵便受けに、父ご愛用の三笠宮家の御紋と住所入りのレターセットに書かれた手紙を発見するのはとても嬉しいものだった。「今日、〇〇の会で誰々に会った」とかいう他愛もない内容のこともあったし、何かの意見が食い違って、二カ月弱にわたって手紙上で喧嘩《けんか》、というか議論の応酬をしたこともあった。忙しすぎて手紙を書けなかったときは、「手紙が来ない」と次の手紙が来る。お互いの感情にかなりの時間差があるし、メールだと簡単に済んでしまうようなやりとりでも、手紙だとなかなか決着がつかず、悶々《もんもん》とせざるをえないことは多々あったけれど、自分の言葉を自分の文字にして書くことの楽しさを覚えた。

夏休みの軽井沢で父と妹と

そして、留学中にやりとりした手紙は、留学記を書くときに役に立つだろうと、すべてファイルに保存してくださっていた。私が送った手紙だけでなく、御自身の手紙もすべてコピーして一緒に入っていた。そのことは前から知っていたけれど、父の書斎を整理していたときに分厚いファイルを発見し、いいようもない寂しさに襲われた。ほんとうに細かくて、計画魔だった父らしい置き土産《みやげ》である。

「医者のいうことは聞かない」

父が亡くなってから、斂葬の儀までのあいだ、御弔問に来てくださる方々とお会いしながら、妹が気づいたことがある。それは、いらっしゃった方々の父に対する印象がみな同じだということだ。

人間誰しも応対する相手によって態度を変えることがあると思う。しかし、いままで父と関わってこられた多くの方々、公的団体の方たちも、応援してこられた自衛隊や障害者の方たちも、長く側《そば》で仕えてくれた宮家職員、皇宮警察、警視庁、各道府県警の人たちも、その口ぐちから聞こえてくる父の印象は、私たちがもっている父の印象そのものだった。そして、初等科の同級生から、最後までお世話になった病院の先生や看護師さんたちまで、関わった時代が違ってもその印象は変わらなかった。父の裏表のないその姿は、筋が通っていて、かっこいいと思う。

多くの皆さまがもたれている父のイメージの一つは、何度癌《がん》の手術をされても、毎回不死鳥のように復活される父の姿だろう。初めての手術のときも、術後一週間もたたないうちに、病室にダンベルをもち込み、トレーニングと称して病棟内を歩きはじめておられた気がする。調子が出てくると、十階以上ある病院の階段を何往復もしたり、今回の葬儀で司祭副長を務めてくれた大親友に点滴を担がせ、近所の公園までウォーキングに出かけたりして、先生方を呆《あき》れ返らせておられた。「医者のいうことは聞かない」が父のモットーだった。

退院されても、体力回復・維持のために、毎日ジョギング、ウォーキング、筋力トレーニングは欠かされたことがなかった。

そういえば、こんなことがあった。父が赤坂御用地のまわりをウォーキング中に職務質問されたのである。警邏《けいら》中だった機動隊員に不審者と間違われ、「どこに行かれるんですか？」と声をかけられたのである。父は無視してそのまま歩きつづけ、あとを付いていた側衛《そくえい》も無言でその隊員を制したそうだが、その人はあきらめず食い下がってきた。そのまま父は御用地の門を入られたが、残された機動隊員には納得がいかない。「あの人は誰なんですか？」と怪訝《けげん》そうに門の立番の護衛官に聞くと「寛仁親王殿下だ！」と怒られた。その瞬間にその人は顔面蒼《そう》白《はく》。皇族に職務質問をするという前代未聞の出来事に、警視庁は上を下への大騒ぎになったらしい。結局、警視庁の寛仁親王家担当のチーフが平身低頭して父にお詫《わ》びにきたが、父はけろりと「おまえはべつに悪くないから謝るなよ」とのお言葉を返され、あっさりと一件落着。

その次の日。たまたま父がトレーニングに出かけられるのと、私が家に帰るタイミングが重なった。前から側衛を従えて歩いてくる人は、黄色のジャンパーに赤の野球帽、サングラスをかけて口にはマスク。手にはペットボトルをもっていた。皇族にはみえないのはいうまでもなく、明らかにアヤシイ。そんな父をみて、あのときの機動隊員はとても職務に忠実な人だったに違いないと確信したのである。

このように、ときに怪しげな風貌であることはさておき、毎日トレーニングに励み、公務復帰を果たされてきた父であった。最後の数年は、体力が回復するよりも先に新たな癌が発見されてしまうことに絶望感を抱かれていたようだ。アルコール依存症になられたのも、さまざまな理由があったが、体力が戻らず、いままでどおりの仕事がこなせなくなったことも大きかったと思う。

首尾一貫して「トモさんらしく」ありたい方だった。仕事が趣味のような方なので、家におられる時間が長くなってきて「やることがない」とおっしゃる。「何か新しい趣味でもみつけたらどうですか？　陶芸とか写真とか」とお勧めしても、そのお答えは「そんなのトモさんらしくない」。病院へ御見舞に来たいという方たちは山ほどいらっしゃったが、「弱ったトモさんの姿をみせたくない」と、娘と宮家職員以外とはほとんどお会いにならなかった。

最期まで「トモさんらしく」

父の容体が急激に悪くなってきたのは四月に入ってからだっただろうか。三月末くらいまでは、ソファーにおかけになって書類を決裁されたり、本を読んだりされていた。筆談ではあったけれど、私が新しく始めた団体をどのように運営していくかの話や、最近私が出かけた展覧会の話などをして笑っておられたことは、いまでも鮮明に思い出すことができる。きちんと普通食が召し上がれるようになったら御退院だろうと思っていた。

それから二週間ほどたち、京都から戻って病院を訪れると、父の変貌ぶりに愕《がく》然《ぜん》とした。二週間前の笑顔はどこにもなく、首が痛くて座っていられない、とベッドに寝たきりになっておられた。そして何よりショックだったのは、会話がまったく成り立たなかったこと。私が何かお話しして、口を動かされるがわからないので紙とペンを差し出すと、ペンはもたれるけれど手が上がらない。ようやっと書かれた文字は、まったく文字の体裁をなしていなかった。その日は私が一方的にお話をし、茫然《ぼうぜん》としながら病院をあとにした。

その後、少し容体は好転し、あいうえおボードを使い、一文字ずつ指して、会話ができるようにはなった。しかし、それ以上良くなられることはなかった。ドイツ・ポーランド訪問のために成田に向かう前、少しだけ病院に立ち寄った。「調子は如何《いかが》ですか?」などと他愛もない話をし、「では、行ってまいります」と握手をして、見送っていただいたのが最後だった。

ドイツからポーランドに移動し、日本大使館で会食中に日本から父の容体急変の連絡が入った。「危篤《きとく》ではない」ということだったけれど、とにかく落ち着かない。ホテルの部屋でひたすらインターネットの記事を探した。遠く離れたポーランドの地で心配していても何も始まらない。予定を早めて帰国することに決めたけれど、研究発表をせずに帰ったら「何のために行ったんだ!」と怒られる気がした。とにかく自分の発表だけは終わらせて、そのまま大使館からの迎えの車に飛び乗った。

成田空港に到着し、出発するときの倍以上に増えている報道陣の数をみて、ただごとではない事態が起こっていると実感した。空港から直接病院に向かい、父の病室で数時間過ごした。急変以来ずっと泊まり込みで付き添ってくれていた妹と、父のベッドの側でおしゃべりをした。私たち姉妹がボケ（私）とツッコミ（妹）で話しているのを聞くのがお好きだったから、きっと楽しんでくださったのではないかと思う。

その後私は、賢所《かしこどころ》参拝と御所へのご挨拶のために一度病院を離れた。御所から戻り、着替えてそろそろ出ようかと思っていた矢先、「至急病院へお戻りください」と電話が入った。病院へ向かう車のなか、助手席に座っている側衛の携帯電話が時折鳴る。携帯電話のバイブレーション音があんなに嫌なものだと思ったことはなかった。

病院に駆けつけると、病室には祖母と伯母、父に近しい友人の姿があった。少し落ち着かれたということで先生と看護師さんは病室を離れられ、祖母、伯母、妹と四人で父のベッドを囲んだ。シンポジウムの会場だったワルシャワ郊外のホテルがどれほど田舎《いなか》だったか、という話に祖母や伯母は笑っておられた。そのうち父の呼吸がだんだん弱くなり、そのままほんとうに眠るように静かに息を引き取られた。それはとても穏やかな数十分だった。

こうして身内だけで最後の時間を過ごすことができたのも、私が外国から帰ってくるのも、賢所から帰ってくるのを待っていてくださったのも、すべては「計画魔のトモさん」の計画どおりだったような気がする。急激に悪くなられたのも、これ以上「トモさんらしく」いられないということに御自身が気づかれたからだったのかもしれない。

「おとうま」へのプレゼント

斂葬の儀の数日前。ご墓所に埋葬する副葬品を選んでいたときのこと。いつもお使いだったセカンドバッグを入れるために中身を確認した。老眼鏡やメモ帳、ペン、眼鏡《めがね》ふき、お守りなどのなかにあって、ひときわ存在感を示していたのは分厚いお財布である。クレジットカードがお嫌いな方だったので、支払いはいつも現金だった。それもいつも新札。最近はみなくなった二千円札や五百円札も何十枚と入っていた。

クレジットカードやポイントカードなど、一枚ももっておられないので、お財布のカード入れの部分はほとんど使われていなかった。でも、そのなかに一つだけピンク色の紙がのぞいているのがみえた。引き出してみると、私が幼稚園のときに折り紙でつくり、父にプレゼントした「おとうまのおさいふ」だった。なかには、一とか二とか書いた硬貨と思《おぼ》しき丸く（実際は全然丸くない）切り抜いた紙と、紙幣と思しき長方形に切り抜いた紙が数枚入っていた。

私たち姉妹は、父のことを「おとうま」と呼んでいた。父も御両親殿下のことを「おとうま」「おかあま」と呼んでおられたので、それを踏襲したのだろう（おそらくは「おとうさま」「おかあさま」の略ではないかと思う）。でも、子どものころの父との思い出というのはそれほど多くない。とにかく父はお忙しかったし、「議論ができるようになって初めて人間同士の付き合いができる」が持論だったので、議論のできない子どもにはあまりご興味がなかったはずである。

実際、子どもを子ども扱いしない方であった。親子というよりは先輩後輩のような関係であったと思う。怒られるときも、自分がなぜ不愉快になったかを説明され、私や妹がただやみくもに「ごめんなさい」といっても許してくださらなかった。逆に、私たちがなぜこのような行為をとったかをきちんと説明し、その理由に納得できれば、相手が娘であっても「悪かった」と謝られる方だった。

勉強でわからないことがあって質問をすると、自分がわからないことであれば、食事中であろうと夜遅かろうと、自分のお知り合いの専門家にその場で電話をして、「娘にわかるように説明してやってくれ」と直接私と話をさせる。中途半端な答えは絶対に返されなかった。

そんな父である。私自身、そんなものをプレゼントしたことなど忘れていたし、「議論のできない」幼稚園生の私がつくったものをいまも大切にもっておられるなんて思ってもみなかった。それから二十五年以上ものあいだ、何回か父のお財布が代替わりしたのは知っている。その都度、「おとうまのおさいふ」を忘れずに入れ直してくださっていたのである。父が亡くなられて数日たち、涙も涸《か》れたかと思ったころだった。父にどれだけ大切にしていただいていたかをあらためて感じ、あふれる涙はほんとうに止まらなかった。部屋に戻ってひとしきり泣いた。

三十年間ほんとうにいろいろなことがあった。楽しい思い出もたくさんあるし、辛《つら》かったことも、怒られたことも、喧嘩したことも何度あったか思い出せない。でも、いま思い出すのは、いつも前を向き、一つの信念をもち、曲げることなく、「トモさんらしく」物事に向きあってこられた人間「寛仁親王」の姿である。その人の娘として生きてこられたことを、私は心から誇りに思っている。

柏さま、「多謝」。雪より。

《追記》

ほんとうにたくさんの方々に、御弔問、御記帳にいらしていただき、また、たくさんのお悔やみのお言葉やお花を頂戴しました。この場を借りて深く御礼申しあげます。

柏さま、「多謝」。雪より。

あとがき

赤と青のガウン。

それは、私が博士課程を始めたときからいつか着る日を夢みてきたものだ。五年間の留学生活中、何人もの友人が博士課程を無事修了し、オックスフォードを旅立っていく様子を何度も見送ってきた。晴れ晴れとした表情でこのガウンを身にまとい、学位授与式が行われるシェルドニアン・シアターから出てくる友人たちの姿は、誇らしくもあり、またうらやましくもあった。オックスフォード大学の厳しい博士課程を成し遂げた者しか袖を通すことを許されない赤と青のガウンは、くじけそうになったときにふと頭に浮かび、オックスフォードに来たときの自分に立ち返らせてくれる「目標」だった。

オックスフォード大学の博士課程に挑戦するというのは、思えば無謀な挑戦だったのかもしれない。日本語で博士論文を書くことも、生半可な気持ちではできないのだ。母国語ではない言葉、それも苦手だった英語で博士論文を書くなんて、向こう見ずもいいところなのである。

実際、後悔したことは何度もあった。「研究が好き」という気持ちだけでここまで来てしまったけれど、その気持ちだけではどうにもならないことがあるのも知った。「私は研究者に向いていない」と落ち込んだことも数えきれないくらいある。でも、そのたびに「じゃあ、やめる?」と声をかけてくれた人がいた。「やめても誰も怒らへんよ」という言葉とともに。でもその人は、私がそういわれるといつも「こんな中途半端な状態では帰れない」というのをわかっている。すると、「じゃあ、頑張るしかないんやから頑張り」といわれる。そして私はさんざん、ぐずぐずうじうじした挙句《あげく》、結局は赤と青のガウンに立ち返るのだ。

自分で決めて、自分で始めた博士課程。私には「博士論文を書き上げて日本に帰る」しか選択肢は残されていなかった。それには顔を上げて進むしかない。この半ば儀式化してしまった一進一退の過程を繰り返しながら、私は博士課程を修了した。

この博士論文との格闘の末、長年の「目標」に袖を通したときの喜びはいまも鮮明に思い出すことができる。

全編ラテン語で行われる学位授与式。それは私たちに緊張感と特別な高揚感を与えるものであるらしい。にこにことして晴れやかな授与者の表情のなかに、ぴりっと張りつめた空気が混ざるのである。

ガウンを着替えると、D.Phil. 以上の学位授与者はオックスフォード大学の副総長の前に一人ずつ進み、握手をすることを許される。以前から存じ上げていたアンドリュー・ハミルトン副総長が、私の目をみながら「おめでとう。よく頑張ったね」と微笑み、握手してくださった。正式にオックスフォード大学から、この五年間の研究成果を認めていただけた瞬間。ただただ、素直に「嬉しかった」。

「アキコのために」とわざわざオックスフォードのアカデミック・ガウンの正装で式に出席し、嬉しそうに写真を撮ってくれていたジェシカ。「学位でもアキコに抜かれてしまったから、もう先生とはいえないね」と私を茶化しながら、満足げな表情をみせてくれたティム。長かった式のあいだじゅうずっと会場の外で待ち、終わって私が出てきた瞬間に「おめでとう～!!」と自宅で摘《つ》んだ花束をもって駆け寄ってきてくれたみーちゃんとななちゃん。授与式のあとのホテルでのアフタヌーン・ティーにも、ドミニクの家族と一緒にした夕食会にも、たくさんの友人たちがお祝いに駆けつけてくれた。大好きな人たちに祝福されながら過ごした学位授与式の一日は、ほんとうに幸せだった。

そんななか、Viva（ヴァイヴァ）の試験官をしてくださった俊夫先生やクレアをはじめ、オックスフォード、ロンドンの友人たちが入り混じってわいわい話している風景をテーブルの端から眺《なが》め、ふと思った。私が五年間の留学生活を無事送ることができたのは、この人たちのおかげなのだなと。

いままで何度も書いてきたが、論文の執筆というのは孤独である。どんなに丁寧な指導を受けたとしても、文章を書き、論文の形にするのは自分でしかない。だからこそ、たった一人で戦っている気持ちになり、たびたび私はオーバーヒートしていたのである。でも、この日集まってくれた人たち一人ひとりが、さまざまな形で私の留学生活に関わり、公私にわたって力になってくれた。たくさんの人たちの力で私はこの場に立たされているのだということを、その瞬間に強烈に実感し、感謝の気持ちでいっぱいになって、ぽろりと涙がこぼれてしまった。

一度は出席することを断念した学位授与式。ただ学位記を郵便で受け取るだけだったら、私はこのことに気づかずに留学生活を終えていたことになる。この学位授与式を経験できたからこそ、私は自分が続けてきた研究と留学生活を客観的にみつめ直し、あらためてそれに対して真摯《しんし》に向き合えるようになった気がする。どんな小さなことであっても、自分ひとりの力では成し遂げることはできない。いままで出会った人たちとの「ご縁」を大切にしながら生きるという私なりの人生哲学のようなものが生まれたのも、これがきっかけだった。

だから私は、さまざまな事情があったにもかかわらず、学位授与式に出席できたことを心の底から感謝している。私はほんとうにたくさんの人たちに支えられて生きている。これに気づけたことが、私の留学生活の一番大きな成果であったかもしれない。

思えば、この留学記の書籍化までも怒濤《どとう》のような数年間だった。公私ともにめまぐるしく変化のあった時期で、いろいろなことが起こりすぎて、記憶があいまいになっていることも少なくない。

なかでも、留学記の出版を一番楽しみにしてくださっていた父が他界されたのは、思いもよらないことだった。その空虚感はいまだ埋まるものではないけれど、留学記を書きつづける原動力となったのも、また父の死であったかもしれない。

この本の出版を、父はどのような思いで空の上からみておられるだろう。きっと「あそこはこういうふうにすればよかったのに」とか「なんであの話を書かなかったんだ」とか、いいたいことは山ほどおありになるに違いない。きっとそんなに褒《ほ》めてはくださらないだろう。でも、にやりと笑い、お髭《ひげ》をなでながら、「これでようやくおまえも二十五歳で留学記を出した俺に並んだな」などと憎まれ口をきかれるような気がする。でもそれが私にとって、父からの最高の褒め言葉である。

本書の出版にあたり、ほんとうにたくさんの方たちにお世話になった。

笑いあり、涙ありの留学生活をともに送り、文章の編集の面でいつも大きな力を貸してくれた前﨑信也氏。最初の留学時の語学学校でともに英語を学び、筆者の無理なお願いを快く受け入れ、忙しい仕事の合間に素敵な挿絵を描いてくれた川内晃太郎氏には、とり分けて感謝の意を表したい。私の留学生活を内側でみてくれていた人が関わってくれたことは、ほんとうに幸せだったし、それが本書に新たな厚みを加えてくれたように感じている。

そして、締め切りを守れないことが多々あった筆者を、あたたかく見守り、いつもひたむきに向き合ってくださった『Ｖｏｉｃｅ』編集部の永田貴之氏、筆者のわがままな要望を受け止め、各所との調整を重ねながら、力強く、あるべき方向に導いてくださったＰＨＰ研究所学芸出版部の吉野隆雄氏、筆者の文字だけでは伝わらないさまざまな思いを、美しく、一本気なこだわりの装丁で表現してくださったブックデザイナーの木村裕治氏、いつも的確な提案とともに、筆者の思いを形にする手助けをしてくださった高木史郎氏に、心よりの御礼を申し上げる次第である。

また、研究者としての筆者を形づくってくださった、恩師である福井憲彦先生が、不肖の弟子の僭越《せんえつ》なお願いにもかかわらず、快く本書の解説を書いてくださったことはほんとうにありがたく、文章を最初に目にしたときは、文面が涙でにじんでみえたことを付け加えたい。

最後に、筆者の留学生活を支えてくださったすべての方たちに、とてもいい尽くせない御礼を申し上げつつ、この長かった留学記の幕を引くこととする。

二〇一四年九月

西日がやわらかく差し込む銀閣寺にて

ご留学記に乾杯

解説にかえて

学習院大学元学長
福井憲彦《ふくいのりひこ》

彬子女王殿下のご留学記を一読。学習院大学をご卒業後も、ときどきお目にかかり、折にふれてeメイルでやり取りさせていただいてはきたものの、あらためて、立派な大人になられた、というのが、生意気なようですが、かつて大学一年生のころから指導教員として接した者の、率直な想いです。オックスフォードで博士の学位を取得なさったわけですから、文句なしに、一流の研究者としては認定済みです。今回はさらに加えて、その学位論文執筆奮闘記を含めて、読み手の関心を掻《か》き立て、心のなかにぐんぐんと入り込んで嫌みでない記述ができる、そういう素敵なエッセイストになられたことが証明された、という感を深くしました。教師としては、ニコッと乾杯したい気分、といったところです。

かつて彬子女王殿下の学生時代には、課題を出すのが私の役割だったのですが、今回は私のほうが、ひと言言葉を寄せる課題をいただき、立場逆転。私にとっては教師冥利《みょうり》に尽きる、うれしい逆転劇です。すこし話を昔に巻き戻して始めましょう。


私どもの学習院大学では、男女それぞれの高等科から内部推薦で入学してくる学生がいます。各学部学科には、毎年一月末に、高等科と女子高等科から、新年度に向けて入学希望者の名簿一覧が届き、大学としての承認手続きが進められることになります。

それは二〇〇〇年一月末のことでした。私が教員として所属する文学部史学科にも恒例の名簿が届きました。その名簿のトップに、彬子女王という名が読めます。呑気《のんき》なことですが、当時、全学の教務部長という入試も統括する役職を務めていたにもかかわらず、いやそれゆえに多忙に過ぎたと弁解しておきたいのですが、私はうかつにも、皇族のご子女が大学進学期におられることが頭にありませんでした。皇族のお子様方であっても、警衛以外についての特別扱いはしない、というのが、学習院の教育姿勢なのですが、それにしても、お名前ですぐにピンと来ないというのは、なんとも頓珍漢《とんちんかん》な話です。これが私と、三笠宮寛仁親王のご長女、彬子女王殿下との最初の接点でした。

しかしこの時点では、まさか私が彬子女王殿下の指導教員になろうとは思ってもみませんでした。まさか学長に選出されて、寛仁親王ご自身から何回か親しくお話しいただく機会があろうとも、思ってもみませんでした。彬子女王殿下がたまたま史学科を進学先として選ばれたことが、出会いのきっかけ。ご留学記を一読してあらためて感じ入ったのですが、人生というのは、じつにさまざまな出会いからなっていますし、何がどういう形で進むか分からないものだと思います。であればこそ、出会いは大切にしたいもので、彬子女王殿下の歩みは、まさに、それを体現しておいでだとも感じられます。

さて、毎年度冒頭の四月、わが史学科では、一年生を基礎演習という導入ゼミ三クラスに強制的に編成します。その各クラスを日本史専門の教員一名と、外国史系が専門の教員一名とでペアで担当して、それぞれが週一回、大学での歴史学の勉強は高校までとは違うのですよ、という出だしの訓練を丁寧に行うカリキュラムが組まれています。教員の担当は学科の教員全員で協議して割り振りますから、誰がどこを担当するかは、年度によって一定してはいません。ここで、またしてもたまたま、二〇〇〇年度については私が西洋近代史の教員として、一つのクラスを担当することになった、そのクラスが、彬子女王殿下のおられるクラスであった、というわけです。

このクラスはなかなか活発な雰囲気で、教師が少し仕向けると学生同士で和気あいあいと演習が進んだ、という記憶が残っています。しかし教師としては、出席を取るにも授業中に指名するにも、なんとお呼びしたものか。いちいち女王殿下、女王様とつけるのもどうも、と悩んだすえに、彬子さんと呼んでよろしいですか、と初回におたずねしたのでした。彬子女王殿下は、持ち前のフランクさで、どうぞ、と返してくださったのですが、さて内心はどうでしたでしょうか。学生たちは二年生から専門の演習に分属することになりますが、私の西洋近代史演習に所属されたあとでも、また卒業後の旧ゼミ生たちの懇親の集まり、要するに飲み会、お喋《しゃべ》り会ですが、そうした今に至るまで、内輪では彬子さんで通させていただいています。この文章でも、ここからは彬子さんでお許し願うことに。

こうして、史学科では彬子さんとお呼びするのが慣行となりましたが、同じ学年の仲良し学生のあいだではなんと「宮ちゃん」なんてお呼びしていたと、あとで知ってびっくり。とにかく、ご当人が模範的によく自ら勉強する姿勢をもっておいでで、学生同士の付き合いにも溶け込んでおられたので、教師としては苦労知らず、楽でした。

学部学生時代のご留学について、この留学記で、帰国後に学習院大学で単位認定があまりしてもらえなくてがっかりした、と書いておられます。あれあれ、そうでしたかと、記憶が呼び戻されました。もちろん意地悪したわけではありません。カリキュラムの制度枠組がまったく異なっていたので、規定どおりですとどうしても客観的にオーソライズできる単位認定が限られる。特例的に何とか進めさせるよりも、彬子さんなら残りの単位も問題ないでしょう、という判断が働いたのではないかと記憶しますが、たしかに学生の立場になれば、そんな、ひどいよ、といいたくもなりますね。

しかし、よくみている教師を馬鹿にしてはいけません。想定どおりでした。彬子さんは見事に残り単位をクリアしたのはもちろん、四年生のときには、史学科から選出される「学習院大学成績優秀者表彰」二人のうちの一人として、いわばご褒美《ほうび》としての奨学金を受給なさったのでした。この選出は公平無私、毎年度二、三、四学年について各二名、純粋に前年度までの成績の比較で選考されます。それに免じて、お許し願いたいと思います。

この成績優秀者表彰とおなじころに、史学科では四年生が必修で提出する卒業論文のテーマや進捗状況について、報告会が授業外のエクストラで開かれます。ここでまだもたもたしている学生は、教師からの優しくも厳しい突っ込みが避けられない、ということにもなります。パソコンが普及した現在では、すでに懐かしい存在になっているかもしれませんが、四百字詰め原稿用紙で百枚を基準とする卒業論文は、手書きが義務づけられています。これはいまでも変わりありません。

史学科の教師は別にサディスティックというわけではありません。一生に一度、おそらくこれからの人生では経験しないでしょうからこそ、自らの手を動かして一字一字、気持ちを込めて書きなさい。調査研究の結果に責任をもって、しっかり相手に伝えるということを基本にして、文章表現にも工夫した論文にしましょう。卒業論文は、君たちが学士という学位にふさわしいことを証明する最終関門なのです。こういうことを、教師は学生たちに伝えているわけです。

注のしっかり付けられた、手書きの四万字からなる卒業論文は、学生たちにとってはやはり恐怖の関門のようですが、なかには、どこに出しても恥ずかしくない、とても優れた論文を書き上げて教師を驚かせる者もいます。彬子さんも、たいへん立派な卒業論文を仕上げられました。スコットランド人が独自のアイデンティティを、どのようにして自ら抱くようになったのか、たしかハイランド・ソサエティという協会の史料分析を中心に、かっちりとした組み立てであったと記憶しています。

たとえば、スコットランドで有名ないわゆるタータンチェックは、歴史を遥かにさかのぼり、スコットランドを象徴する古くからの文化的伝統だと、ともすれば何の疑念もなく思いがちですが、この模様自体の生成や通用にも、歴史的な脈絡がさまざま関与していた、というのは、彬子さんの卒論に関する指導のなかで、逆に私のほうがあらためて学んだことでした。この日本の大学としてはきわめて厳しい史学科の卒論をしっかり完成させたことが、オックスフォードでの彬子さんの経験に一つの基盤を与えたのではないかと、我田引水《がでんいんすい》的に私は想定しています。

彬子さんは学部学生の時代から、とくに浮世絵をはじめとした江戸絵画の研究で有名な、日本美術史の泰斗《たいと》、小林忠教授（現名誉教授）のもとでも、美術史学の修養を積んでおられました。小林先生は同じ文学部でも、哲学科の所属。規模の限られた学習院大学がもっている長所の一つは、こうした学科の壁を超えた、つまりは学問の壁を超えた修養が、学生がその気になれば大いに可能だという点にあります。私のゼミに参加していた学生のなかにもそういう例は、多くはありませんが存在しました。多くない、というのは、それだけ履修はたいへんで、人一倍の努力がいるからでしょう。彬子さんは、興味の幅が広かっただけでなく、おそらくは将来をにらんで、しっかりと学びを組み立てておいでだったのだと思います。そうはいっても、これらすべてが、オックスフォードとブリティッシュ・ミュージアムでの研鑽《けんさん》の成果へと流れ込んでいくかのような人生は、なかなか計画してもできるものではない、稀有《けう》なことに違いありません。

今回の留学記で彬子さんは、大学入学時から、父君にならってオックスフォード大学留学を心に決めておられ、だから学習院大学に進んだ、という趣旨のことを記しておられます。私も何かの折に、そういう趣旨のことをお聞きした記憶があります。しかし、ここまで長期にわたる学究生活を送られ、学位を取得なさるという成果は、私の想定を超える（ご免なさい）快挙でした。小柄なお体で、グレイト、です。すでに各種のご講演や学会発表など、私の知る限りでも、専門のご研究の内容は、今後をさらに楽しみと思わせる広がりと豊かさを内包しているものです。それを裏打ちしたのが、この留学記に記されている本格的なオックスフォード留学の厳しい修練と、それにまつわるじつにさまざまな出会いと経験であり、そして辛《つら》くとも過ぎてしまえば出来事や出会いを楽しく対象化できる、彬子さんの素晴らしいキャラクターだと、私は思っています。

専門研究に加えて、ご公務だけでなく、とても幅広く活動なさっておいでのご様子は、寬仁親王殿下から受け継がれたものなのでしょう。彬子女王殿下ご自身、お書きになっているとおりです。あとは、パワー全開で疲れが度を超さないように、お体には気をつけられるよう、子をみる親のような気分でいる元指導教員からのひと言を書かせていただいて、課題を閉じたいと思います。

二〇一四年五月好日

文庫版へのあとがき

二〇二三年五月の連休明けのことだった。友人から「彬子様の留学記が「Twitter（現X）でバズってますよ」と連絡がきた。留学記を出版したのは、二〇一五年。率直な感想は「なぜいま？」だった。チャールズ国王陛下の戴冠式の直後であったので、英国や王室への関心が高まっていた時期だったからだろうか。ただ、出版から八年がたっていても、誰かの心に留まる何かを書けたのだということが純粋にとてもうれしかった。ありがたいことに、どこのどなたか存じ上げぬ方のその投稿には三万以上の「いいね」がついたそうで、たくさんの友人知人から「Twitterで見ましたよ」と連絡をもらい、なんだか誇らしい気持ちになった。

そのなかでよくいわれたことが、「買おうと思ったんですが、紙の本がもうないんです」とか「私はやっぱり紙で読みたくて……」という話である。数年前から紙の本が市場に出回っていないことは知っていた。しかし、紙の質感からデザイン、フォントなど、細部までこだわりにこだわり抜いて制作した本である。私自身が画面で文字を読むのがあまり得意ではないこともあり、個人的には電子書籍ではなく、紙で読んでいただきたい。PHP研究所に恐る恐る「重版はしていただけないのでしょうか?」と聞いてみた。すると、使用した用紙の生産中止などもあって、「採算が取れないので従来の単行本としては難しいけれど、文庫版であれば」というお返事をいただき、めでたくこの度文庫本として『赤と青のガウン』が生まれ変わることになったのである。もちろん当初の体裁とは異なっているけれど、移動用のかばんには必ず文庫本が入っている文庫本派の私としてはうれしい限り。再版の端緒を開いてくださったTweet主様には、心から感謝したい。

あらためて最初から最後までこの本を読み返してみて、感じたことは二つ。一つ目は、「私、結構頑張ったんだなぁ」ということ。二つ目は、「登場人物たちのその後」である。

もうすでに本文を読んでくださっている方はお気づきかもしれないが、文中、楽しかった話や面白かった話はかなり詳細に書いてある。でも、辛《つら》かった話は「そのとき大変だった」「泣いて過ごした」くらいで、具体的に何がどう辛かったのかをあまり書いていない。これは、私が辛かった思い出を記憶から抹消していく性質があるからのようで、辛かったという感情は覚えているけれど、本当に詳細をあまり覚えていないのである。じつは初等科のころ、クラスメイトに手を振り払われた拍子に吹っ飛んでしまい、流血する怪我をしたことがある（らしい）のだが、十年以上たって本人に謝罪されたとき、かすりもしないくらいまったく思い出せなかった事実が証明しているだろう。

だから、博士論文執筆中のジェシカとの闘いや口頭試問のごたごた、父との行き違いなど、あらためて読み返して、そういえばそうだったと思い出している。いまでは客観的に、俯瞰《ふかん》で彬子女王という人物の青春時代の物語を読んだような気分で、「この人随分悪戦苦闘しながら頑張ったなぁ」と、他人事《ひとごと》のように思っているようなところもあるかもしれない。いまでは薄れつつある大変だった留学生活の記憶がある間に、備忘録としても留学記を執筆できたことは、とても意味のあることだったとあらためて思うし、それがいまでは、自分が大きな何かを成し遂げることができたという証拠となり、自信をなくしたときに立ち返ることのできる心の拠《よ》り所ともなっているような気がする。

また、登場人物たちの人生が大きく変わっていることにも気づかされる。私の留学生活の最高のハイライトともいうべき思い出をつくってくださったエリザベス女王陛下がお隠れになり、また日本美術に関するたくさんのことを私に教え、支えてくださったエッコ＆ジョー・プライスご夫妻も相次いでこの世を去られた。読み返していると、本には書かなかったさまざまな思い出も心に浮かび、いまだに涙がほろりとこぼれそうになる。空の上で心穏やかにおられることを願いたい。

令和の御代となり、お茶にお招きくださった皇太子同妃両殿下は天皇皇后両陛下になられた。ジェシカとティムは、それぞれマートンと大英博物館を定年退職したが、相変わらずバリバリと研究活動を続けている。ティムとアンガスもSO

ASを退職、ティムは日本、アンガスはアメリカで、仕事に趣味に、充実した毎日を送っているようだ。ケイスケさんとマキさんも二人の子どもたちとともに帰国、ケイスケさんはいまや大学教授になっているのだから感慨深い。数々の伝説をつくってくれたシオダも皇宮警察を定年退職し、再就職先でまた奮闘している。

この本を出版したときは小さな女の子だったななちゃんが、キラキラのティーンエイジャーになっていることにも驚かされる。コロナ禍もあり、四年ぶりに会ったななちゃんは、耳にはピアス、おしゃれメイクにミニスカートのいまどき女子高生。いつの間にか身長も抜かれていた。まぶしすぎて思わずのけぞりそうになったけれど、子どものころから変わらないはにかんだ笑顔とうっすら英語なまりの日本語に、そうそう、これぞななちゃんと安心した。変わらないまま変わっていく人たちが、いまだに近くにいてくれるというのはありがたいことだと思う。

そして、もう一つ。お伝えしなければならないのが、法隆寺金堂壁画の模写の後日談である。

留学を終えて日本に帰国する当日、私は大英博物館にいた。各所にお別れのご挨拶回りをして、ティムと二人でバックヤードを歩いていた。あれやこれやと思い出話をしていたのだが、ティムが突然「定年前に、大きな北斎展をやりたいんだよね」とつぶやいた。十代のころに浮世絵をもらったことがきっかけで、日本のことを勉強すると決め、ずっと浮世絵をはじめとする江戸時代の絵画や版画の研究を続けてきたティム。自分の研究の集大成として、日本からも、世界からも主要な北斎作品を集めて展覧会をしたいのだとキラキラした目で語ってくれた。私はそのとき、「私はいつか桜井香雲の金堂壁画の模写をきちんと表具して、大英のギャラリーで展示してたくさんの人に見てほしいです」と話したのだった。

二〇一七年、ティムは公言どおり大規模な北斎展を開催、連日多くの人が訪れる人気展覧会となった。そして、二〇一九年。ティムは退職前の最後の展覧会となった奈良の寺社の宝物展に、桜井香雲の金堂壁画の模写を展示してくれた。これから表具を始めると作品の前での記念写真が送られてきたときは、本当に夢が現実になるのかと信じられない思いだったが、ガラスケースの中で輝く金堂壁画の模写を見たときは、感動で言葉が全く出なかった。感無量とはまさにこのことをいうのだと思った。

ティムは、「アキコがこれを発見してくれなかったら、この展覧会もあり得なかった」と、オープニングに合わせて開催されたシンポジウムの基調講演者として私を招待してくれた。そして、私がこの作品を発見したことに言及したうえで、「アキコは大英博物館の家族の一員です」と紹介して、壇上に送り出してくれたときは、涙をこらえるのにどれだけ苦労したことだろう。

講演のなかで、私は大英博物館での最終日にティムと交わした会話について触れた。退職前に、自分の夢も私の夢もしっかりと形にしてくれたティムは、本当に偉大な学芸員であり、そのティムの下で指導を受けられたことは、私の誇りであると。しかし、講演のあとティムはいった。「アキコの記憶力は素晴らしく、その話が真実であることは間違いないと自信をもっていえるけれど、僕は残念ながらひどい記憶力でまったく覚えていない」と。「えーーー？」と思わず叫んでしまったが、それもまた世界一忙しい日本美術の学芸員であるティムらしいと思う。ティムには忘れられても、私にとっては備忘録としてここに書き残すまでもなく、絶対に忘れることのない珠玉の思い出として記憶に深く刻まれることを確信している。

本書の連載時に担当をしてくださった永田貴之氏が、ＰＨＰ研究所の立派な取締役になられ、文庫化にあたり、またご尽力くださったのはとてもうれしいことだった。単行本を美しい本にしてくださった木村裕治氏が、文庫本に合わせての装丁に再び関わってくださったことにも感謝したい。本書が末永く、多くの方々に愛していただける本になることを願いつつ、再演の幕を引くこととする。

二〇二四年一月

世界中の人たちが心穏やかに過ごせることを祈りながら

この作品は、月刊誌『Voice』（PHP研究所）平成二十四年（二〇一二）四月号～二十六年（二〇一四）五月号に連載された「オックスフォード留学記——中世の街に学んで」に加筆を得て再編集し、平成二十七年（二〇一五）一月に刊行されたものです。文庫化に際しても加筆・補整を得ました。

著者紹介

彬子女王（あきこじょおう）

1981年（昭和56年）故寛仁親王殿下の第一女子としてご誕生。学習院大学を卒業後、英国オックスフォード大学マートン・コレッジに留学され、女性皇族初の博士号を取得してご帰国（専攻は日本美術）。立命館大学総合研究機構のポストドクトラルフェロー、特別招聘准教授を経て、現在は日本・トルコ協会総裁、一般社団法人日英協会名誉総裁、公益社団法人日本プロスキー教師協会総裁、公益財団法人日本ラグビーフットボール協会名誉総裁、一般社団法人心游舎総裁、京都産業大学日本文化研究所特別教授、京都市立芸術大学客員教授など、お役職多数。

PHP文庫　赤と青のガウン
オックスフォード留学記

2024年4月15日　第1版第1刷
2024年12月6日　第1版第15刷

著　者　彬　子　女　王
発行者　永　田　貴　之
発行所　株式会社ＰＨＰ研究所
東京本部　〒135-8137　江東区豊洲5-6-52
ビジネス・教養出版部　☎03-3520-9617(編集)
普及部　☎03-3520-9630(販売)
京都本部　〒601-8411　京都市南区西九条北ノ内町11

PHP INTERFACE　https://www.php.co.jp/

組　版　株式会社PHPエディターズ・グループ
印刷所
製本所　大日本印刷株式会社

ISBN978-4-569-90400-9